破解 英文DNA—單字篇

高階英語單字

單字圖片＋簡明例句＋單字遊戲

目錄

字母	單元數	頁碼
A	12	P.004
B	6	P.028
C	20	P.040
D	10	P.080
E	7	P.100
F	6	P.114
G	4	P.126
H	4	P.134
I	7	P.142
JK	2	P.156
L	4	P.160
M	8	P.168

字母	單元數	頁碼
N	2	P.184
O	4	P.188
P	12	P.196
Q	1	P.220
R	10	P.222
S	20	P.242
T	7	P.282
U	1	P.296
V	4	P.300
W	3	P.308
YZ	1	P.314

序言

學習單字最有效率的方法，是先建立印象，再搭配文章閱讀。破解英文 DNA 單字系列，採用教育部公布 6000–7000 單字，並搭配簡短例句、圖片、遊戲。本系列單字收錄範圍如下：

《初階英語字彙》2000 字彙：國中、高中 L1-L2、英檢初級。
＊國中會考核心 1200 字以*標示
《中階英語字彙》2000 字彙：學測、統測、高中 L3-L4、英檢中級。
《高階英語字彙》2000 字彙：學測、高中 L5-L6、英檢中高級。

作者簡介

學英文若無特殊背景似乎很困難。甚至起步晚、單字缺，怎麼辦？

作者出身彰化，五專念工科，起步晚又且無環境，單字背了就忘。乃至學生時期，開始思考用圖片的學習方式，以致進步神速，最後攻讀英文系，並赴英美澳留學與工作多年，期間也攻讀不同領域的專業科目，徹底磨練英文，讓我人生改變許多。返台後成立《譯術館》出版社，創立《破解英文 DNA 系列》，希望改變英語教材，幫助學習者突破窘境，縱使沒有天份，用對方法，必能事半功倍。經歷簡介如下：

2004 年：畢業於修平技術學院，工業管理系。
2006 年：就讀靜宜大學及美國大學 University of Montana，專攻語法學。
2010 年：擔任國際貿易課長（美國、英國市場）。
2012 年：於澳洲攻讀 WEST(葡萄酒品鑑)證照，並於 Domaine Chandon、
　　　　　Two Hands Wines 等酒莊任職，負責葡萄酒授課、媒體接待等。
2014 年：美國學校 Hult International Business School 提供高額獎學金，
　　　　　前往美國就讀國際行銷學碩士，同時攻讀平面設計學程。
2015 年：前往英國倫敦修習學分，碩士論文與施華洛世奇 Swarvoski 進行開發案。
2016 年：電影《櫥窗人生》指定英文翻譯者。
2016 年：撰寫《破解英文 DNA 系列—文法篇》。
2018 年：創立《譯術館 Aesop》出版社，出版《文法篇》
2020 年：出版《學測閱讀篇》《指考閱讀篇》《統測閱讀篇》
2024 年：出版《初階單字篇》《中階單字篇》《高階單字篇》

單字有圖片，效果更加倍。

學習單字最有效率的方法不是死讀硬背，而是先建立印象，搭配文章閱讀。才能事半功倍喔！

本書採用 IPA 音標，與 KK 音標對照表如下：

單母音 Vowels			子音 Consonants	
IPA	KK	examples	IPA/KK	examples
[i:] (緊音)	[i]	seat	[p]	put
[ɪ] (鬆音)	[ɪ]	sit	[b]	bee
[eɪ]	[e]	page	[t]	tea
[e]或[ɛ]	[ɛ]	dead	[d]	dead
[oʊ]	[o]	no	[k]	cold, king
[o]或[ɔ]	[ɔ]	join	[g]	gold
[u]	[u]	food	[f]	fall
[ʊ]	[ʊ]	put	[v]	voice
[ɑ]	[ɑ]	father	[s]	soon
[ɒ]	[ɑ]	lot	[z]	zoom
[ʌ]	[ʌ]	sun	[θ]	thing
[ə]	[ə]	again	[ð]	these
[æ]	[æ]	apple	[ʃ]	shall
[ər] 或 [ɚ]	[ɚ]	player	[ʒ]	usual
[ɜ:r]或[ɝ]	[ɝ]	bird	[tʃ]	cheap
雙母音 Diphthongs			[dʒ]	jeep
[aɪ]	[aɪ]	wife	[l]	low, tall
[aʊ]	[aʊ]	loud	[r]	run, bear, rear
[ɔɪ]	[ɔɪ]	toy	[m]	moon, room, mom
			[n]	no, fun, none
			[ŋ]	thing
			[j]	you
			[h]	home
			[w]	we

註：IPA 音標使用[ː]表示長音

註：IPA 的[e] 也可以標示為[ɛ]
　　　[ər]也可以標示為[ɚ]
　　　[ɜ:r]也可以標示為[ɝ]

高階英語單字 (A1)

abbreviate [əˋbriːviˌeɪt] 動 縮寫, 簡寫

"Do it yourself" can **be abbreviated as** "DIY."
「自己動手做 (Do It Yourself)」可以簡寫為「DIY」。

abide [əˋbaɪd] 動 遵守　abide by ~ 遵循~

Please **abide by the rules**.
請遵守規則。

abnormal [æbˋnɔːrməl] 形 不正常的

字源：ab- (off) + normal 正常的

After taking drugs, he starts to show **abnormal behaviors**. 嗑藥之後，他開始表現出不尋常的行為。

abolish [əˋbɑːlɪʃ] 動 廢除

This old law has been **abolished**.
這條舊法律已經被廢除了。

aboriginal [ˌæbəˋrɪdʒnəl] 名形 原住民(的)

註：ab- (from) + original 原始的

The country does its best to preserve **aboriginal cultures**. 該國家竭盡全力保存原住民的文化。

4

  單字遊戲

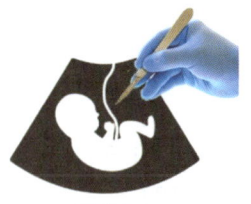

abortion [əˈbɔːrʃən] 名 墮胎

She's thinking about getting an **abortion**.
她正在考慮墮胎。

同義字：sudden

abrupt [əˈbrʌpt] 形 突然的, 急遽的

His life came to an **abrupt** change.
他的人生有急遽的轉變。

abstraction [ˈæbstrækʃən] 名 抽象
註：abstract (a) 抽象的

She's always talking in **abstractions**.
她講話總是很抽象。

同義字：bizarre, weird

absurd [əbˈsɜːd] 形 荒謬的、怪異的

This is all very **absurd**.
這整件事情都非常荒謬。

abound [əˈbaʊnd] 動 使富足, 使充滿
abundant [əˈbʌndənt] 形 大量的, 充足的, 豐富的
abundance [əˈbʌndəns] 名 豐富, 充足

Food has been **abundant** in recent years.
近幾年來糧食充足。

高階英語單字 (A2)

abuse [əˈbjuːs] 動名 濫用, 虐待
字源：ab- (off) + use 使用 (不當的使用)

Child abuse is a serious problem in every society.
在每個社會中，虐待兒童都是一項嚴重的問題。

academy [əˈkædəmi] 名 學院, 研究院
註：academic (a) 學術的

I study art in the **art academy**.
我在藝術學院就讀藝術。

accelerate [ækˈsɛləˌreɪt] 動 加快, 增長

This policy will **accelerate** the company's growth.
這項策略將會加速公司的成長。

accessible [ækˈsɛsəbəl] 形 可接近的, 可使用
註：access (v) 進入, 使用

The conference room is only **accessible** with a key.
會議廳只有擁有鑰匙的人才能進入使用。

accessory [ækˈsɛsəri] 形 附屬的 名 附件, 配件

She opened a new **accessory shop** in the town.
她在鎮上開了一家新的飾品店。

6

  單字遊戲

acclaim [əˈkleɪm] 動 喝采, 歡呼　be acclaimed for~ 被讚揚
註：claim 聲稱、exclaim 驚叫、proclaim 聲明

She **is** widely **acclaimed for** her contribution to the team.
她對團隊有貢獻因而廣受喝采。

accommodate [əˈkɑːməˌdeɪt] 動 容納, 收容
accommodation [əˌkɑːməˈdeɪʃən] 名 收容, 住處

John is looking for **accommodation**.
John 正在尋找住宿。

accord [əˈkɔːrd] 動 一致, 符合, 根據
accordance 名 一致, 符合, 和諧
according to 介 根據
accordingly 副 照此, 因此

According to the weather report, it'll be rainy soon.
根據氣象報導，很快就要下雨了。

accounting [əˈkaʊntɪŋ] 名 會計, 會計學
accountable [əˈkaʊntəbəl] 形 應負責任的, 應說明的
註：account (n) 帳戶, 客戶, 說明

I'm interested in a career in **accounting**.
我對於會計工作有興趣。

accumulate [əˌkjuːmjʊˈleɪt] 動 累積, 積聚
accumulation [əˌkjuːmjʊˈleɪʃən] 名 累積, 積聚
註：accumulative (a) 累積的

Little by little, he has **accumulated** a small fortune.
一點一滴，他已累積出一筆小財富。

7

高階英語單字 (A3)

accusation [ˌækjʊˈzeɪʃən] 名 指控, 指責

註：accuse (v) 指控, 指責

He is faced with a number of false **accusations**.
他面臨著多項不實的指控。

accustom [əˈkʌstəm] 動 適應, 習慣

字源：ac- (to) + custom 習慣　be accustomed to ~ 適應於~

Soldiers need to **be accustomed to** all weather conditions. 士兵們需要習慣各種天氣狀況。

acknowledge [ækˈnɑːlɪdʒ] 動 認知
acknowledgement 名 認知

This kid **is** widely **acknowledged as** a genius.
這小孩被認定是一位天才。

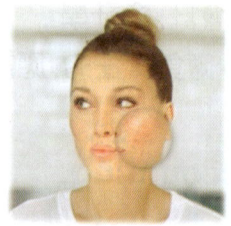

acne [ˈækni] 名 粉刺

She has terrible **acne** on her face.
她臉上有嚴重的粉刺。

acquaint [əˈkweɪnt] 動 使~認識

註：acquaintance (n) 認識(但不熟)

I became **acquainted** with John in this meeting.
我在會議中認識了 John。

  單字遊戲

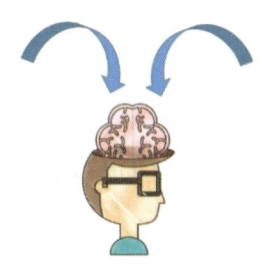

acquisition [ˌækwəˈzɪʃən] 名 獲得 (知識等)

註：acquire (v) 獲得 (知識等)

Education is not merely about **acquisition** of knowledge.
教育並不單純是獲取知識而已。

---

1 acre = 4046m²

acre [ˈeɪkɚ] 名 英畝

A football field covers about 1.32 **acres**.
一個足球場涵蓋面積約為 1.32 英畝。

activist [ˈæktɪvɪst] 名 激進派份子

註：active (a) 活躍的

A group of **activists** is demanding human rights.
一群行動派人士正在要求人權。

acute [əˈkjuːt] 形 劇烈的, 急性的, 敏銳的

People are experiencing an **acute** economic crisis.
人們正在經歷一場劇烈的經濟危機。

adaptation [ˌædəpˈteɪʃən] 名 適應, 調適

註：adapt (v) 適應

Chameleons are well-known for their **adaptation** to the surroundings. 變色龍以環境調適能力而聞名。

9

高階英語單字 (A4)

addiction [əˋdɪkʃən] 名 沈溺, 上癮
註：addict (n) 成癮者

Smartphone **addiction** is a problem nowadays.
手機成癮是現代人的一個問題。

administer [ædˋmɪnəstɚ] 動 管理, 經營
administrate [ædˋmɪnəstreɪt] 動 管理, 經營
administrator [ədˋmɪnəˌstretɚ] 名 管理人, 行政官員
administration [ædˌmɪnəˋstreɪʃn] 名 管理, 經營, 政府
administrative [ədˋmɪnəˌstretɪv] 形 管理的, 行政的

I majored in **Business Administration**. 我主修企業管理。

admiral [ˋædmrəl] 名 艦隊司令, 海軍

My dad is an **admiral** in the US Navy.
我爸爸是一位美國海軍司令。

adolescent [ˌædəˋlɛsənt] 形 青少年的 名 青少年
adolescence [ˌædəˋlɛsəns] 名 青春期

The **adolescent** life is very important to a person.
青春期的歲月對一個人來說相當重要。

同義字：juvenile, teenager

adore [əˋdɔːr] 動 崇拜, 愛慕
註：adorable (a) 可愛的, 令人仰慕的

I **adore** you and your true nature.
我景仰你以及你的本質。

10

  單字遊戲

adverse [ædˈvɝːs] 形 逆向的, 相反的, 負面的

Inflation brings **adverse effects** to the economy.
通貨膨脹對經濟帶來反向的作用。

advisory [ædˈvaɪzəri] 形 指導的 名 指示
註：advise (v) 指導

We've set up an **advisory group** to help students.
我們成立了一個指導團隊來幫助學生。

advocate [ˈædvəkeɪt] 動 提倡 名 提倡者
advocate N/V-ing 提倡~

She's been **advocating** human rights for years.
她多年來一直在提倡人權。

aesthetic [ɛsˈθɛtɪk] 形 美學的

Everyone has their own **aesthetic taste**.
每個人有他們自己的美學品味。

affection [əˈfɛkʃən] 名 喜愛, 情感
affectionate [əˈfɛkʃənɪt] 形 充滿情感的
註：affect (v) 影響

He shows deep **affection** for his family.
他對家人表現出很深的情感 (他深愛家人)。

11

高階英語單字 (A5)

affiliate [əˈfɪliˌeɪt] 動 入會, 聯盟   名 附屬機構
註：be affiliated to ~ 隸屬於~

We **are not affiliated to** any political party.
我們不隸屬於任何一個政黨。

affirm [əˈfɜːm] 動 重申, 聲明   註：affirmation (n) 重申, 聲明
assert [əˈsɜːt] 動 重申, 聲明

He continued to **affirm** his innocence.
他不斷重申他的清白。

agenda [əˈdʒɛndə] 名 議程, 時間表

Please download the **agenda** to this event.
請下載本活動的時程表。

aggression [əˈgrɛʃən] 名 凶狠, 侵犯, 挑釁
註：aggressive (a) 凶狠的, 挑釁的

His face showed his **aggression**.
他的臉表現出他的凶狠。

agony [ˈægəni] 名 極度痛苦

People **cried in agony** due to continuous warfare.
由於戰事持續不停，人們痛苦哭喊著。

  單字遊戲

agricultural [͵æɡrɪˈkʌltʃərəl] 形 農業的

註：agriculture (n) 農業

We are an exporter of **agricultural products**.
我們是農產品出口公司。

airtight [ˈɛr͵taɪt] 形 密封的

字源：air 空氣 + tight (a) 緊密的

This packaging is **airtight**.
這包裝是密封的。

airway [ˈɛr͵weɪ] 名 航線, 航空公司, 呼吸道

I usually fly with Eva **Airways**. 我通常搭乘長榮航空。

He choked as food blocked his **airway**.
他因為食物堵住呼吸道而嗆到。

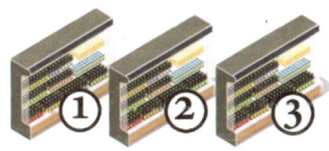

aisle [ˈaɪl] 名 通道, 走道

You can find dairy product in **aisle** 3.
你可以在 3 號走道找到奶類產品。

alcoholic [͵ælkəˈhɑːlɪk] 名 酒鬼 形 含酒精的

註：alcohol (n) 酒精

After his business failed, Joe became an **alcoholic**.
生意失敗之後，Joe 成為了一個酒鬼。

高階英語單字 (A6)

algebra [ˈældʒəbrə] 名 代數

My kid is learning **algebra**.
我的孩子正在學代數。

alien [ˈeɪljɛn] 名形 外國人(的), 外星人(的)
alienate [ˈeɪljəˌnɛt] 動 使疏遠, 離間

Ryan knows everything. I think he is an **alien**.
Ryan 什麼都知道。我認為他是個外星人。

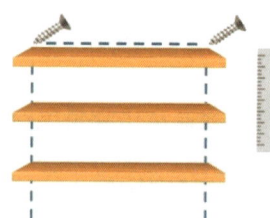

align [əˈlaɪn] 動 對齊

Please **align** the holes before you screw them on.
請先將洞對齊好之後，再鎖上螺絲。

allege [əˈbɛdʒ] 動 指控, 斷言, 宣稱 (無證據)

He is **alleged** to have stolen money, but there's no proof. 他被指控偷竊，但是缺乏證據。

allergy [ˈælərdʒi] 名 過敏
allergic [əˈlɜːdʒɪk] 形 過敏的

She **is allergic to** dust in the air.
她對空氣中的粉塵過敏。

  單字遊戲

alligator [ˈælɪˌgetɚ] 名 短吻鱷

Alligators and crocodiles look very similar.
短吻鱷與長吻鱷看起來非常相似。

allocate [ˈæləˌkɛt] 動 配置, 分派, 分配
註：al- (to) + locate (v) 配置

Try to **allocate** time and money properly in your life.
試著妥善分配生命中的金錢與時間。

ally [ˈælaɪ] 動 使結盟 名 同盟國
alliance [əˈlaɪəns] 名 結盟, 聯盟

The UK and the US have been close **allies** many times in history. 英國與美國在歷史上已經多次成為盟友。

alongside [əˈlɒŋsaɪd] 介 與~一起
註：along 沿著

We work **alongside** each other and become friends.
我們彼此齊力合作並且成為朋友。

alter [ɒlˈtɚ] 動 改變, 更換
alternate [ɒlˈtɚːneɪt] 動 切換

John quickly **altered** his plan and started again.
John 很快地改變計畫並且再次開始。

高階英語單字 (A7)

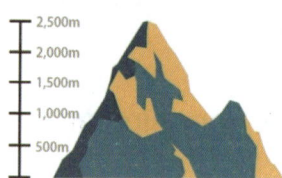

altitude [ˈæltəˌtuːd] 名 高度, 海拔

The air gets thinner at higher altitudes.
空氣在高海拔處變得更為稀薄。

aluminum [əˈluːmɪnəm] 名 鋁

Aluminum bottles are widely used to store cold drinks. 鋁罐被廣泛地用來裝冷飲。

ambiguity [ˌæmbɪˈgjuːɪti] 名 曖昧, 不清楚

註：ambiguous (a) 曖昧的, 不清楚的

Ambiguity makes things complicated.
曖昧讓事情變得複雜。

amend [əˈmɛnd] 動 修訂, 改善

Our codes have bugs that need to be amended.
我們的程式碼有問題需要修改。

同義字：mend, repair, fix

amid [əˈmɪd] 介 在~之間, 在~之中
amidst [əˈmɪdst] 介 在~之間, 在~之中

Susan felt lost amid the crowd.
Susan 感覺在人群之中感到迷失。

16

  單字遊戲

ample [ˈæmpəl] 形 大量的, 充裕的
amplify [ˈæmpləˌfaɪ] 動 擴大, 擴音

Amplifiers are great tools to **amplify** a sound.
揚聲器是擴大聲音的好工具。

analogy [əˈnælədʒɪ] 名 類比, 相似, 譬喻

People drew an **analogy** between similar things.
人們常在相似的事物之間做出類比。

analyst [ˈænəlɪst] 名 分析師
analytical [ˌænəˈlɪtɪkəl] 形 分析的
註：analyze (v) 分析

Bob is a well-known **analyst** in the stock market.
Bob 是一位知名的股市分析師。

anchor [ˈæŋkɚ] 動 固定 名 錨

The captain ordered his men to lower the **anchor**.
船長命令他的人把船錨放下來。

animate [ˈænəmɛt] 動 賦予生命, 製作動畫, 刻劃
註：animal (n) 動物

Cute animals are realistically **animated** on the screen.
可愛的動物們在螢幕上栩栩如生地刻劃出來。

17

高階英語單字 (A8)

annoyance [əˌnɔɪəns] 名 惱怒, 討厭的東西

註：annoy (v) 惹怒

She couldn't hide her **annoyance** anymore.
她再也藏不住自己的怒氣了。

anonymous [əˈnɑːnəməs] 形 匿名的

字源：ano- (without) + name (n) 名字

We received an **anonymous** donation.
我們收到了一筆匿名的捐助款。

anthem [ˈænθəm] 名 國歌, 頌歌

Civilians in Ukraine are singing their **national anthem**.
烏克蘭人民正在一起唱著他們的國歌。

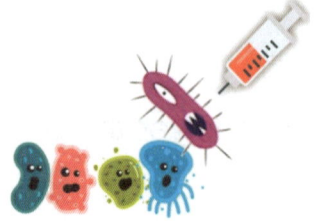

antibiotic [ˌæntibiˈɑːtɪk] 形 抗生的 名 抗生素

字源：anti- (反) + biotic 生物的

I was given **antibiotics** to cure the strong flu.
我被施打抗生素來治療這強勁的流行性感冒。

anticipate [ænˈtɪsəˌpeɪt] 動 期望, 預期
anticipation [ænˌtɪsəˈpeɪʃən] 名 期望, 預期

John's **anticipation** is good, but not very realistic.
John 的期許不錯，但不切實際。

同義字：expect

  單字遊戲

antique [ænˈtiːk] 形 古董的 名 古物

I bought a vase from the **antique** shop.
我從古董店買了一支花瓶。

antonym [ˈæntənɪm] 名 反義字
字源：anti- (反) + name 名字

"Good" is the **antonym** of "bad."
「好」是「壞」的反義字。

applaud [əˈplɔd] 動 鼓掌, 稱讚
applause [əˈplɔs] 名 鼓掌, 稱讚

We received a lot of **applause** and compliments.
我們收到了很多的掌聲與讚美。

applicable [ˈæplɪkəbəl] 形 可使用的, 適用的
註：apply 申請, 應用

All businesses must comply with **applicable laws**.
所有的公司都必須遵循適用的法律。

appliance [əˈplaɪəns] 名 家庭電器, 設備
字源：apply 應用

There is a home **appliance store** near where I live.
我住家附近有一間家用電器行。

高階英語單字 (A9)

apprentice [əˈprɛntəs] 名 學徒

He is an **apprentice** to the martial arts program.
他是這堂武術課程的學徒。

approximate [əˈprɑːksəmɛt] 形 大概的 動 大致估計

These two numbers are **approximately** the same.
這兩個數字大致相同。

apt [ˈæpt] 形 傾向於, 易於   be apt to do ~ 傾向做~

Dogs **are apt to** smell their poop somehow.
狗狗有聞自己的便便的傾向，不知道為什麼。

archaeology [ˌɑːrkiˈɑːlədʒi] 名 考古學

He studies **archaeology** to be an archaeologist.
他就讀考古學系，之後想當考古學家。

architect [ˈɑːrkɪˌtɛkt] 名 建築師
architecture [ˈɑːrkɪˌtɛktʃɚ] 名 建築學, 建築物

註：arch 拱門

This Roman architecture was built by Italian **architects**.
這座羅馬風格的建築物是由義大利建築師所建立的。

  單字遊戲

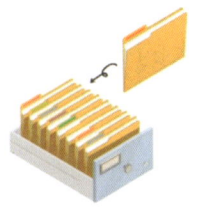

archive [ˈɑːrˌkaɪv] 動 歸檔 名 檔案庫

These documents should be **archived** for future use.
這些檔案應該歸檔以供將來使用。

同義字：stadium

arena [əˈriːnə] 名 體育場, 競技場

The government plans to build an **arena** for football.
政府計畫要蓋一座橄欖球場。

arithmetic [ˌɛrɪθˈmɛtɪk] 形 算術的 名 算術

My seven-year-old kid is learning **arithmetic**.
我 7 歲的孩子正在學習算數。

arouse [əˈraʊz] 動 喚起, 叫醒

He's been **aroused** by a mosquito from his sleep.
他睡覺被一隻蚊子給喚醒。

array [əˈreɪ] 動 配置(兵力等) 名 列陣

The troops are arranged in **battle array**.
軍隊按戰鬥陣容部署完成。

高階英語單字 (A10)

arrogant [ˈɛrəgənt] 形 傲慢的, 自大的

He is **arrogant** and opinionated.
他自大且固執己見。

articulate [arˈtɪkjʊˌlɛt] 形 發音清晰的, 口才好的

This little girl is both intelligent and **articulate**.
這位小女孩聰明過人而且口齒伶俐。

ascend [əˈsɛnd] 動 升高, 上升

The balloon is slowly **ascending** into the sky.
氣球正緩緩上升到天空中。

反義字：descend 下降

aspire [əˈspaɪr] 動 熱望, 抱負

註：aspiration (n) 熱望, 抱負

He started his job with **a great aspiration**.
他帶著宏大的報負開始了他的工作。

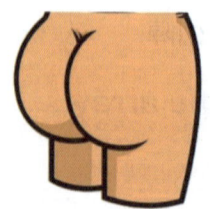

ass [ˈæs] 名 屁股, 笨蛋

I got three tickets today! The law is such an **ass**!
今天我得到了三張罰單！這條法律根本就是智障！

  單字遊戲

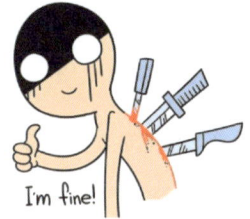

assassinate [əˈsæsəˌneɪt] 動 刺殺, 暗殺

註：assassination (n) 刺殺

The king was **assassinated** last night.
昨晚國王遭受到暗殺。

assault [əˈsɔlt] 動 攻擊, 汙辱

He is constantly **assaulted** by his supervisor.
他一直遭受到主管侮辱。

參照 affirm → **assert** [əˈsɝːt] 動 強調, 重申

assess [əˈsɛs] 動 評估, 評價
assessment 名 評估, 評價

This project requires a careful **assessment**.
這項計畫需要詳細的評估。

asset [ˈæˌsɛt] 名 財產, 資產

Employees are an important **asset** to a company.
員工是一家公司的重要資產。

同義字：estate 個人資產

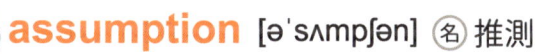

assumption [əˈsʌmpʃən] 名 推測

註：assume (v) 假設

I made a wrong **assumption**.
我的推測錯誤。

同義字：presumption

23

 高階英語單字 (A11)

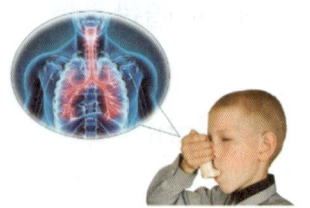

asthma [ˈæzmə] 名 氣喘

I've been suffering from **asthma** since I was little.
我從小就患有氣喘。

astonish [əˈstɑːnɪʃ] 動 驚訝, 愣住
astonishment 名 驚訝, 愣住

I was **astonished** when I heard the truth.
當我聽見事實時，我整個人都驚呆了。

astray [əˈstreɪ] 副 迷路, 離開正道

My cat went **astray** last week.
我的貓咪昨晚迷路了。

astronaut [ˈæstrəˌnɑːt] 名 太空人
astronomy [əˈstrɑːnəmi] 名 天文學
astronomer [əˈstrɑːnəmɚ] 名 天文學家

My dream is to become an **astronaut**.
我的夢想就是成為一位太空人。

athletics [æθˈlɛtɪks] 名 體育運動
註：athlete (n) 運動員

Are you interested in **athletics**?
你對體育感興趣嗎？

24

  單字遊戲

同義字：acchieve

attain [əˈteɪn] 動 達成
attainment 名 達成

How did you **attain** your goal?
你是如何達成目標的？

attendance [əˈtɛndəns] 名 出席

註：attend (v) 出席, 參與

My class has a high **attendance rate**.
我的課程出席率很高。

attendant [əˈtɛndənt] 名 跟班, 空服員

註：attend (v) 參與

My sister is a **flight attendant**.
我的妹妹是一位空服員。

attic [ˈætɪk] 名 閣樓

The businessman hides his mistress in the **attic**.
這位商人把他的情婦藏在閣樓裡。

同義字：lawyer

attorney [əˈtɝːni] 名 律師

I will find an **attorney** to speak for me.
我要找位律師來替我發言。

25

高階英語單字 (A12)

attribute [ˈætrɪˌbjuːt] 動 歸因於, 歸咎於 名 屬性

Russia's military action can **be attributed to** Putin's ambition. 俄國的軍事行動可以歸咎於普丁的野心。

auction [ˈɒkʃən] 名 拍賣

I bought this painting at the **auction**.
我在拍賣會上買到了這幅畫。

同義字：bid

audit [ˈɒdɪt] 動 名 審核, 稽查

The company is conducting an **internal audit**.
這家公司正在進行他們的年度稽查。

auditorium [ˌɒdɪˈtɔːriəm] 名 會堂, 禮堂

The school is holding a speech in the **auditorium**.
該學校正在禮堂舉辦一場演講。

authorize [ˈɔːθəraɪz] 動 授權

註：author (n) 作者

You can get my book from **authorized** dealers.
你可以從授權的經銷商中買到我的書。

  單字遊戲

autonomy [ɒˈtɑːnəmi] 名 自治, 自治權

Citizens are demanding autonomy for their region.
市民正在要求自己區域的自治權。

avert [əˈvɜːt] 動 避開 (眼神), 防止

He averted her eyes to avoid a conversation.
他避開了她的眼神交會以避免發生對話。

aviation [ˌɛviˈeɪʃən] 名 航空, 飛行

註：avian (a) 鳥類的, 飛行的

All pilots must receive enough aviation training.
所有的機師都要接受足夠的飛行訓練。

awe [ˈɑː] 動 敬畏, 畏怯
awesome [ˈɑːsəm] 形 超厲害的

This is awesome! How did you do it?
這太厲害了！你是怎麼做到的？

awhile [əˈwaɪl] 副 片刻

I'd like to rest awhile before we continue.
我需要休息片刻再繼續。

27

高階英語單字 (B1)

bachelor [ˈbætʃələ˞] 名 單身漢, 學士(學位)

John is 30, and he is still a **bachelor**.
John 30 歲了，仍然是個單身漢。

| 基礎衍生字彙 ⇒ | **backbone** 名 支柱, 骨幹　**backyard** 名 後院 |

badge [ˈbædʒ] 名 徽章

He showed his **badge** and revealed his identity.
他秀出了他的徽章並展現出他的身份。

ballot [ˈbælət] 動 名 (不記名)投票, 票箱

This candidate has won 60 percent of the **ballot**.
這位候選人贏得了 60% 的選票。

同義字：vote

ban [ˈbæn] 動 名 禁止, 禁令

The sale of cigarettes should be **banned**.
香菸的販售應該要被禁止。

同義字：forbid, prohibit

banner [ˈbænə˞] 名 橫幅, 招牌, 大標題

There is a large **banner** on the highway.
高速公路上有一個很大的橫幅。

  單字遊戲

banquet [ˈbæŋkwɛt] 名 盛宴

The king celebrated his birthday with a **banquet**.
國王辦一場盛宴來慶祝自己的生日。

barbarian [barˈbɛrɪən] 形 野蠻的 名 野蠻人

Tom is a **barbarian**. I can tell you that.
Tom 是一個野蠻人，我可以告訴你這一點。

barren [ˈbærən] 形 貧瘠的, 荒蕪的 名 荒漠

Barren land can produce little food.
貧脊的土地能夠產生的食物很少。

bass [ˈbæs] 名 貝斯, 鱸魚

My brother is a **bass player**.
我的哥哥是一位貝斯手。

batch [ˈbætʃ] 名 一大批

A batch of eggs hatched into little chicks!
一大批雞蛋孵化成小雞了！

29

高階英語單字 (B2)

batter [ˈbætɚ] 動 打擊 名 (棒球)打擊手

註：bat (n) 球棒

The **batter** hit a home run again!
這位打擊者再次擊出一個全壘打。

基礎衍生字彙 ➡ **beautify** 動 美化

beep [ˈbiːp] 擬 名 嗶嗶(聲)

The policeman blew his whistle to make **a beep sound**.
警察吹了他的哨子，發出一個嗶嗶聲。

基礎衍生字彙 ➡ **beforehand** 副 事先, 提前

behalf [bəˈhæf] 名 代表   on behalf of ~ 代表 ~

He will speak **on behalf of** the company.
他將代表公司發言。

基礎衍生字彙 ➡ **belongings** 名 所屬物品

beloved [bəˈlʌvɪd] 形 心愛的 名 心愛的人

People give their heart to their **beloved**.
人們把心給予他們心愛的人。

beneficial [ˌbenəˈfɪʃəl] 形 有益的, 有利的

註：benefit (n) 利益, 好處

This policy is only **beneficial** to the rich.
這項政策只對有錢人有利。

30

  單字遊戲

betray [bɪˈtreɪ]　動 背叛, 出賣

You should be aware of John. He will **betray** you.
你要小心 John。他會背叛你。

beverage [ˈbɛvərɪdʒ]　名 飲料

Soda and juice are non-alcoholic **beverages**.
汽水和果汁都是無酒精性飲料。

beware [bɪˈwɛr]　動 當心, 提防

字源：be + aware (a) 察覺的　　beware of ~ 小心堤防~

Always **beware of** strangers.
小心提防陌生人。

bias [ˈbaɪəs]　名 偏見, 成見　動 形成偏見

Everyone is **biased** by nature.
每個人天生都有偏見。

bid [ˈbɪd]　動 名 喊價, 出價

John made the highest **bid** in the auction.
約翰在此拍賣會中做出了最高的出價。

同義字：auction

31

高階英語單字 (B3)

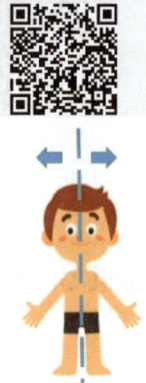

bilateral [baɪˈlætərəl] 形 雙邊的, 雙向的

註：symmetrical 對稱的

The human body is **bilaterally symmetrical**.
人類的身體是雙向對稱的。

biological [baɪəˈlɑdʒɪkəl] 形 生物的

註：biology (n) 生物

All lives have their **biological** needs.
所有的生物都有他們生物上的需求。

bizarre [bəˈzɑːr] 形 奇異的, 異乎尋常的

This is all very **bizarre**.
這整個就是非常的奇妙。

同義字：absurd, weird

blast [ˈblæst] 動 名 炸開, 爆炸
blaze [ˈbleɪz] 動 名 燃燒, 火焰

The **blast** from the bomb killed several people.
炸彈所產生的爆炸讓很多人死亡。

bleach [ˈbliːtʃ] 動 漂白 名 漂白水

This shirt needs **bleaching**.
這件襯衫需要漂白一下。

32

  單字遊戲

blond(e) [ˈblɑːnd] 形 金髮的

Who is that **blond girl**?
那位金髮女孩是誰呢?

blot [ˈblɑːt] 名 污漬, 墨水漬

There is a big **blot of ink** on the paper.
紙上有很大的一滴墨水漬。

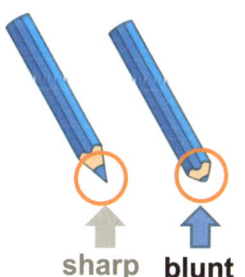

blunt [ˈblʌnt] 形 鈍的, 直率的

The pencil is getting **blunt**.
這支鉛筆越來越鈍了。

blur [ˈblɝː] 動 名 模糊
註：blurry (a) 模糊的

Tears **blurred** her vision again.
眼淚再度使她的視野模糊。

同義字：vague

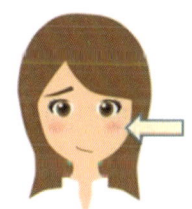

blush [ˈblʌʃ] 動 名 臉紅

She **blushed** at the compliment.
她因為受到讚美而臉紅了。

| 基礎衍生字彙 ➔ | **bodily** 形 身體上的　**bodyguard** 名 保鑣 |

33

高階英語單字 (B4)

bolt [boʊlt] 動 名 螺栓

The tornado is coming. We need to **bolt** the door.
龍捲風要來了。我們需要用螺絲拴緊大門。

bonus [ˈboʊnəs] 名 獎金, 紅利

My boss gave me **bonus** for my hard work!
我的老闆因為我工作認真而給我紅利。

同義字：reward 報酬, 獎金

| 基礎衍生字彙 | ➡ **booklet** 名 小冊子 |

boom [ˈbuːm] 動 爆炸, 暴漲 名 (景氣)興盛
boost [ˈbuːst] 動 名 推動, 促進

A high wage will **boost** work efficiency.
高薪會推動工作效率。

booth [ˈbuːθ] 名 (有篷的)貨攤, 票亭

Let's buy concert tickets from the **ticket booth**.
我們去票亭買演唱會的票吧。

| 基礎衍生字彙 | ➡ **boredom** 名 無聊, 厭倦 |

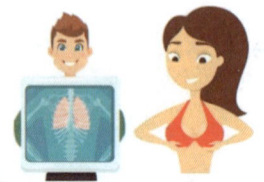

bosom [ˈbʊzəm] 名 胸, 乳房, 室 形 壞中的, 親密的

She felt something in her **bosom**.
她感覺到胸腔有什麼東西的。

同義字：chest, breast

  單字遊戲

boulevard [ˈbʊləˌvɑːrd] 名 林蔭大道

You can find several banks along this **boulevard**.
你可以沿著這條林蔭大道找到好幾間銀行。

bound [ˈbaʊnd] 形 被綑綁的, 註定的
boundary 名 邊界, 界限

註：bind (v) 綁住

This man **is bound to** lose.
這個人註定要輸了。

boxer [ˈbɑːksɚ] 名 拳擊手
boxing [ˈbɑːksɪŋ] 名 拳擊

Boxing is a bloody and brutal sport.
拳擊是一種血腥且暴力的運動。

boycott [ˈbɔɪkɑːt] 名 聯合抵制

Many people urged a **boycott** of Russian goods.
許多人發起了對俄羅斯產品的聯合抵制。

bra [ˈbrɑː] 名 胸罩 (原：brassiere)

I don't like to sleep with a **bra** on.
我不喜歡穿著胸罩睡覺。

35

高階英語單字 (B5)

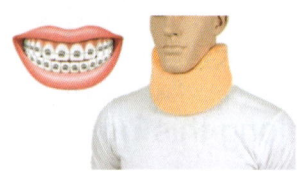

brace [ˈbreɪs] 動 支撐 名 支撐器, 矯正器

People use **dental braces** to straighten teeth.
人們使用牙套來矯正牙齒。

參照 broaden ➡ **breadth** 名 寬度

基礎衍生字彙 ➡ **breakthrough** 名 突破
breakdown 名 瓦解, 故障, 分析
breakup 名 分手

bribe [ˈbraɪb] 動 名 賄賂

註：bribery (n) 賄賂

They **bribed** him to keep quiet about that incident.
他們賄賂他，要他在此事件中保持安靜。

briefcase [ˈbriːfˌkɛs] 名 公事包

I left my **briefcase** at the coffee shop!
我把公事包忘在咖啡廳了。

brink [ˈbrɪŋk] 名 邊, 邊緣

The company is **on the brink of** bankruptcy.
這家公司正在破產的邊緣。

單字遊戲

broaden [ˈbrɒdən] 動 變寬
breadth [ˈbrɛdθ] 名 寬度
註：broad (a) 寬廣的

They **broadened** the road to speed up the traffic.
他們拓寬了道路使交通流暢。

brochure [ˈbroʊʃʊɚ] 名 商品簡介 (小冊子)
註：catalogue (n) 產品型錄

Can I have a copy of your **brochure**?
我可以跟你們要一份商品簡介嗎？

broil [ˌbrɔɪl] 動 烤 (上層熱管)

Put it in the oven and **broil** for two minutes.
把它放入烤箱，用上層火烤兩分鐘。

註：bake 低溫烘培(上下層熱管)、roast 高溫炙烤(上下層熱管)

bronze [ˈbrɑːnz] 名 青銅, 古銅色
註：brass (n) 黃銅

Bronze is composed of copper and tin.
青銅由銅與錫所組成。

brook [ˈbrʊk] 名 小溪流
註：creek (n) 中溪流、stream 大溪流

Water in the **brook** is cool and clear.
這條小溪流的水又涼快又清澈。

37

高階英語單字 (B6)

broth [ˈbrɒθ] 名 湯底, 高湯

Bring the **chicken broth** to a simmer in a large pot.
用大鍋子裝雞肉湯並以小火慢煮。

參照 brother → **brotherhood** 名 兄弟情誼

browse [ˈbraʊz] 動 名 瀏覽

I usually **browse** the news on the Internet.
我通常是在網路上瀏覽新聞。

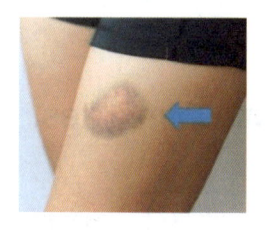

bruise [ˈbruːz] 名 瘀傷

Jenny had a **bruise** on her leg.
Jenny 的大腿上有一個瘀青。

bulk [ˈbʌlk] 名 大塊, 大量
bulky [ˈbʌlki] 形 大塊的, 笨重的

Bob is a **bulky** guy.
Bob 是一個塊頭大的傢伙。

bully [ˈbʊlɪ] 動 霸凌 名 惡霸

Tom has been constantly **bullied** at school.
Tom 在學校一直受到霸凌。

38

單字遊戲

bureau [ˈbjʊroʊ] 名 (政府)局, 事務處
bureaucrat [ˈbjʊrəˌkræt] 名 官僚人員
bureaucracy [bjʊˈrɑːkrəsi] 名 官僚政治

The Health Bureau is busy with Covid-19 response.
衛生局正在忙碌著對新冠病毒作出回應。

burial [ˈbɛrɪəl] 名 埋葬, 葬禮, 墓地

註：bury (v) 埋葬

He's gone. Let's give him a proper burial.
牠走了。我們好好地替牠掩埋吧。

butcher [ˈbʊtʃɚ] 名 肉販, 屠夫

He found a job and works as a butcher.
他找到了一份工作並擔任屠夫一職。

bypass [ˈbaɪˌpæs] 動 繞過, 忽略 名 旁道

My dog bypassed a farm and continued to run.
我的狗狗繞過了一間農場沒有停下來，還繼續跑下去。

高階英語單字 (C1)

caffeine [kæˈfiːn] 名 咖啡因

註：coffee 咖啡

Coffee contains **caffeine**, which disrupts my sleep.
咖啡含有咖啡因，它會干擾我的睡眠。

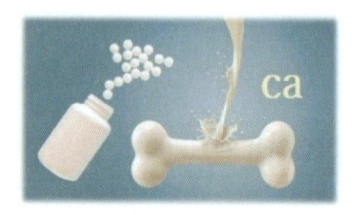

calcium [ˈkælsɪəm] 名 鈣

Calcium makes the bones dense and strong.
鈣質讓骨骼結實且強壯。

calculator [ˈkælkjuˌlɛtɚ] 名 計算機

註：calculate (v) 計算

I wish I could use a **calculator** on math exams.
我真希望數學考試時可以用計算機。

calligraphy [kəˈlɪgrəfɪ] 名 書法

I'm learning Chinese **calligraphy**.
我正在學習中文書法。

canal [kəˈnæl] 名 運河

The Panama Canal is a passage that connects two oceans. 巴拿馬運河是一條連接兩片海洋的通道。

單字遊戲

canvas [ˈkænvəs] 名 帆布, 畫布

This bag is made of **canvas**.
這個袋子是由帆布所製成。

capability [ˌkɛpəˈbɪləti] 名 能耐, 才幹
註：capable (a) 有能耐的

She has the **capability** to manage the company.
她有能力管理這家公司。

cape [ˈkeɪp] 名 岬, 海角

Visitors can enjoy the view from the **cape**.
遊客可以從這片海角欣賞風景。

capsule [ˈkæpsəl] 名 膠囊, 太空艙

This drug is available in **capsule** form.
這藥品有膠囊款式的。

caption [ˈkæpʃən] 名 標題, 字幕

Turn the **captions** on for a better understanding.
打開字幕比較能看得懂。

高階英語單字 (C2)

captive [ˈkæptɪv]　動 被俘虜的　名 俘虜
captivity [kæpˈtɪvəti]　名 囚禁, 束縛
註：capture (v) 抓住

They held him **captive** for more than a year.
他們把將他俘虜起來超過一年的時間。

carbon [ˈkɑːrbən]　名 碳, 複寫紙

Carbon dioxide is the primary greenhouse gas emitted by human activities. 二氧化碳是人類活動排放的最主要溫室氣體。

carton　[ˈkɑːrtən]　名 (薄) 紙盒
cardboard [ˈkɑːrdˌbɔːrd]　名 (厚) 紙箱, 紙板

Carton is usually smaller than **cardboard**.
紙盒通常比紙箱還要小。

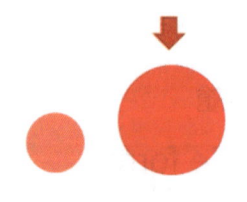

cardinal [ˈkɑːrdɪnəl]　形 主要的, 深紅的　名 深紅色

Beauty has a **cardinal importance**.
美麗至關重要。

基礎衍生字彙 → **carefree** 形 無憂無慮的　**caretaker** 名 照顧者

carnival [ˈkɑːrnəvəl]　名 狂歡節, 嘉年華會

The Rio **carnival** is an annual event in Brazil.
里約嘉年華是巴西的年度活動。

單字遊戲

cashier [kæˈʃɪr] 形 收銀員 動 開除
註：cash (n) 現金

The cashier told me they don't take credit cards.
收銀員告訴我他們不收信用卡。

---

casino [kəˈsiːnoʊ] 名 賭場

The casinos in Las Vegas are famous worldwide.
拉斯維加斯的賭場聞名全球。

---

casualty [ˈkæʒuwəlti] 名 傷亡人員
catastrophe [kəˈtæstrəfi] 名 大災難

This war causes thousands of civilian casualties.
這場戰爭造成數千民眾傷亡。

---

cater [ˈkeɪtɚ] 動 舉辦宴席, 提供, 迎合

We plan to cater lunch for 100 people.
我們計畫要舉辦一場 100 人的午宴。

同義字：feast (n) 大餐

---

caterpillar [ˈkætərˌpɪlɚ] 名 毛毛蟲

The caterpillar will become a butterfly one day.
這隻毛毛蟲有一天會變成蝴蝶。

43

高階英語單字 (C3)

cathedral [kəˈθiːdrəl] 名 大教堂

The Duomo di Milano is the famous **cathedral** in Italy. 米蘭大教堂（Duomo）是義大利知名的大教堂。

---

caution [ˈkɑːʃən] 名 小心, 謹慎
cautious [ˈkɒʃəs] 形 十分小心的, 謹慎的

Slow down. Proceed **with caution**. 小心慢行。

She is a **cautious** person. 她是小心謹慎的人。

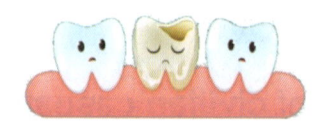

---

cavity [ˈkævəti] 名 蛀牙洞, 洞

There is a large **cavity** on my tooth.
我的牙齒蛀了一個大洞。

---

celebrity [səˈlɛbrəti] 名 名人, 名流

字源：celebrate (v) 慶祝

The life of a **celebrity** is often disturbed.
名流人士的生活常常遭受打擾。

---

celery [ˈsɛləri] 名 芹菜

She chopped the **celery** and added it to the salad.
她切了芹菜，並把芹菜加入沙拉裡。

單字遊戲

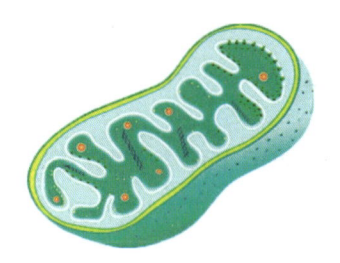

cellular [ˈsɛljʊlɚ] 名 細胞的
註：cell (n) 細胞

A cellphone is also known as a **cellular** phone.
手機又稱作細胞電話。

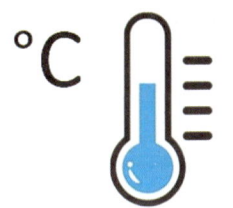

Celsius [ˈsɛlsɪəs] 名 攝氏
註：Fahrenheit (n) 華氏

32 degrees Fahrenheit is equal to 0 degrees **Celsius**.
華氏 32 度等於攝氏 0 度。

cement [səˈmɛnt] 名 水泥土

Don't walk on the wet **cement**.
不要走在濕水泥上。

註：concrete 水泥 (固形體)

cemetery [ˈsɛməˌtɛrɪ] 名 公墓, 墓地

All soldiers are buried in a military **cemetery**.
所有的士兵都被埋葬在一個軍人公墓。

census [ˈsɛnsəs] 名 人口普查

The government is **conducting a census** this week.
政府本週正在進行人口普查。

高階英語單字 (C4)

ceramic [səˈræmɪk] 名形 陶器(的)

Pottery and **ceramics** are one and the same thing.
陶器與陶瓷器是一樣的東西。

ceremony [ˈsɛrəˌmoʊni] 名 典禮, 儀式

They are having some religious **ceremony**.
他們正在舉行一種宗教儀式。

似：ritual 宗教儀式

certainty [ˈsɝːtənti] 名 確定性

註：certain (a) 肯定的

He talks about his future with absolute **certainty**.
他敘說著自己的未來規劃，語氣充滿著肯定。

certify [ˈsɝːtəˌfaɪ] 動 證明, 保證
certificate [səˈtɪfɪkət] 名 證書, 證照, 執照

She passed the exam and received a **certificate**.
她通過了考試並且收到了一張證照。

基礎衍生字彙 ➡ **chairperson** 名 主席, 董事長

champagn [ʃæmˈpeɪn] 名 香檳

We opened a bottle of **champagne** for celebration.
我們打開了一瓶香檳來慶祝。

單字遊戲

chant [ˈtʃænt] 動 名 詠唱, 吟誦

People began to **chant** together in the church.
人們開始一起在教堂裡詠唱詩歌。

chaos [ˈkeɪɑs] 名 混亂

My life is in **chaos**.
我的生活一團亂。

同義字：turmoil

chapel [ˈtʃæpəl] 名 禮拜堂 (無牧師)

A **chapel** is a place of worship with no priest.
禮拜堂是一個禱告的地方，沒有牧師帶領。

characterize [ˈkɛrəktəˌraɪz] 動 描繪, 賦予~特徵

註：character (n) 文字, 角色, 特徵

Each character in this story is uniquely **characterized**.
這個故事裡的每一位角色都經過仔細刻劃。

charitable [ˈtʃɛrətəbəl] 形 慈善的, 寬容的

註：charity (n) 慈善

We started a **charitable** organization to help the poor.
我們創立了一個慈善機構來幫助窮人。

基礎衍生字彙 → **checkup** 名 檢查, 體檢

高階英語單字 (C5)

chef [ˈʃɛf] 名 主廚

Sam is a great **chef** who makes great meals.
Sam 是一位很棒的廚師，他做出很棒的料理。

---

chemist [ˈkɛˌmɪst] 名 化學家

註：chemisry (n) 化學

The **chemist** is going to announce his new findings.
這位化學家即將發表他的新發現。

---

chestnut [ˈtʃɛˌsnʌt] 名 栗子

Chestnuts are low in fat and high in vitamin C.
栗子脂肪低且維他命 C 高。

---

chili [ˈtʃɪli] 名 辣椒

I like to add some **chili** to my food to give it extra flavor.
我喜歡在食物中加一些辣椒來提味。

---

chimpanzee [ˌtʃɪmˈpænzi] 名 黑猩猩

(簡：chimp)

Chimpanzees are the closet relatives of humans.
黑猩猩是人類最接近的親戚。

48

單字遊戲

chirp [ˈtʃɝːp] 動 名 啾

Birds are **chirping** happily outside my window.
鳥兒在我的窗戶外面快樂地唱歌。

choir [ˈkwaɪɚ] 名 唱詩班

The church **choir** sings every Sunday morning.
教堂唱詩班每週日早上唱詩歌。

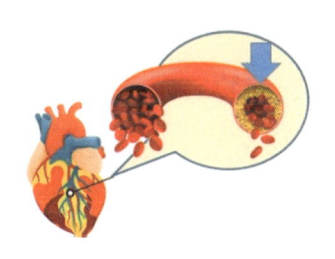

似：chorus (n) 合唱團

cholesterol [kəˈlɛstəˌrəl] 名 膽固醇

High **cholesterol** leads to heart attack.
高膽固醇會導致心臟病。

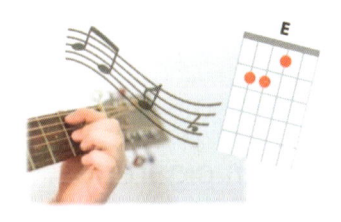

chord [ˈkɔːrd] 名 (樂器) 和弦

I can only play some basic **chords**.
我只會彈幾個簡單的和絃。

chore [ˈtʃʊr] 名 家庭雜務

I do all my house **chores** on Sundays.
我在星期天做家事。

49

高階英語單字 (C6)

chronic [ˈkrɑːnɪk] 形 慢性病的, 長期的

Unhealthy habits may lead to **chronic diseases**.
不健康的習慣可能造成慢性病。

---

chubby [ˈtʃʌbi] 形 圓胖的

Most Kids are a little bit **chubby** by nature.
大部分小孩天生自然有些圓胖。

---

chunk [ˈtʃʌnk] 名 一大塊 (木材、食物等)

The hunters built a campfire with **wood chunks**.
獵人們用木柴升起了一個營火。

---

cigar [sɪˈgɑːr] 名 雪茄

註：cigarette (n) 香菸

Cigars contain more tobacco than cigarettes.
雪茄比香菸含有更多菸草。

---

circuit [ˈsɜːkɪt] 名 環道, 電路

字源：circle (n) 圈圈

The **circuit board** directs energy to the other components. 電路板將電力導入至其它元件。

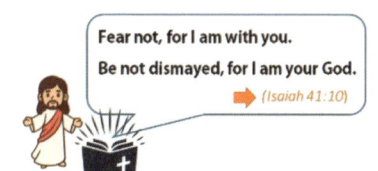

單字遊戲

cite [ˈsaɪt] 動 引述, 舉出, 表揚
註：citation (n) 引述

The writer **cited** a line from the Bible.
這位作家從聖經裡引述了一行文字。

civic [ˈsɪvɪk] 形 城市的, 市民的
civilize [ˈsɪvəˌlaɪz] 動 使文明, 使開化
citizenship [ˈsɪtɪzənʃɪp] 名 市民身分

註：city (n) 城市

A **civilized** country has a system of government and education. 一個文明國家具有其政府與教育體制。

clam [ˈklæm] 名 蛤, 蚌   俚語：happy as a clam = very happy

On hearing the news, she was happy as a **clam**.
聽到消息時，她開心的像蛤蚌一樣。

clarity [ˈklɛrəˌti] 名 澄清, 闡明, 晴朗
clearance 名 清倉大拍賣

註：clear (a) 清澈的

She looked up into the utter **clarity** of the sky.
她望著清澈無比的天空。

clasp [ˈklæsp] 動 扣住 名 扣子, 夾子
cling [ˈklɪŋ] 動 依附, 執著 (+ to)

Two old friends reunited and **clasped their hands**.
兩位老友重聚並且扣手相握。

高階英語單字 (C7)

clause [ˈklɒz] 名 條款, 子句

Make sure you read all <u>clauses</u> in this contract.
請確認你讀過本合約中的各項<u>條款</u>。

同義字：term

---

climax [ˈklaɪˌmæks] 名 劇情高潮、最高點

A story has a beginning, a <u>climax</u> and an ending.
一個故事具有開場、<u>劇情高潮</u>、跟結尾。

clinical [ˈklɪnɪkəl] 形 診所的, 臨床的, 冷漠的

註：clinic (n) 診所

All patients in <u>clinical trials</u> show no adverse effects.
所有<u>臨床實驗</u>的病人都沒出現不良反應。

基礎衍生字彙 ➔ **clockwise** 副 順時針

clone [ˈkloʊn] 動 名 複製

The <u>clone technology</u> is getting mature.
<u>複製科技</u>越來越成熟了。

基礎衍生字彙 ➔ **closure** 名 關閉, 中止

cluster [ˈklʌstɚ] 動 成群 名 群

A <u>cluster</u> of people is waiting outside your office.
<u>一群</u>人在辦公室外面等你喔。

同義字：群體

單字遊戲

coalition [ˌkoʊəˈlɪʃən] 名 結合, 聯合, 聯盟

Two companies cooperate to form a **coalition**.
兩家公司合作來形成一個聯盟。

基礎衍生字彙 ➡ **coastline** 名 海岸線

cocaine [koʊˈkeɪn] 名 古柯鹼

Cocaine is highly addictive and dangerous.
古柯鹼具有高度成癮性而且高度危險。

coffin [ˈkɒˌfɪn] 名 棺材

The king will rest here in his **coffin**.
國王在此安息於他的棺材中。

cognitive [ˈkɑgnɪtɪv] 形 感知的, 認知的

註：cognition (n) 認知

Meditation will stimulate your **cognitive thinking**.
打坐冥想會刺激你的認知思維。

同義字：perceive (v) 感知

coherent [koˈhɪrənt] 形 一致的, 連貫的

Our goal should be consistent and **coherent**.
我們的目標應該要持續且一致。

高階英語單字 (C8)

coincidence [koʊˈɪnsɪdəns] 名 巧合
coincide with (v) 與~巧合　補充：coincident (a) 巧合的

Oh, John! What a **coincidence**!
喔, John！真是巧合！

collaboration [kəˌlæbəˈreɪʃən] 名 合作 (共同出力)
註：collaborate with (v) 與~合作　字源：co-(一起) + labor 勞力

They work together in close **collaboration**.
他們一起緊密合作。

同義字：cooperate

---

collector [kəˈlɛktɚ] 名 蒐集者
collective [kəˈlɛktɪv] 形 集體的
註：collect (v) 蒐集

The committee made a **collective** decision.
委員會做了一項集體的決定。

collision [kəˈlɪʒən] 名 相撞, 衝突, 抵觸
註：collide (v) 相撞

There was a **collision** between two asteroids.
兩個行星發生了相撞。

colloquial [kəˈlokwɪəl] 形 口語的

I learn **colloquial** English from native speakers.
我向母語人士學習口語英文。

同義字：verbal, oral

單字遊戲

colonial [kəˈloniəl] 形 殖民的

註：colony (n) 殖民地、colonize (v) 殖民

Life in the **colonial era** was not easy.
殖民時期的生活並不容易。

columnist [ˈkɑːləmnɪst] 名 專欄作家

註：column (n) 欄

Amanda works as a **columnist** for the *New York Times*. Amanda 是紐約時報的一位專欄作家。

combat [ˈkɑːmbæt] 動 名 戰鬥、格鬥

字源：com- (一起) + battle 打仗

Many soldiers died in **combat**.
許多士兵死在戰場上。

comedian [kəˈmiːdiən] 名 喜劇演員

註：comic (a) 喜劇的、comedy (n) 戲劇

He is my favorite **comedian**.
他是我最喜愛的喜劇演員。

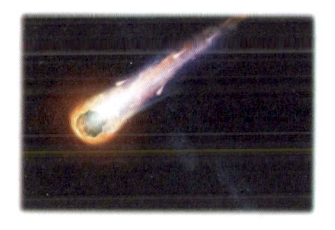

comot [ˈkɑːmɪt] 名 彗星

A purple **comet** will pass Earth tonight.
一顆紫色彗星今晚會經過地球。

55

高階英語單字 (C9)

: I like your videos.
: Great videos!!!
: Can I ask you out?
comment below

commentary [ˈkɑːmənˌtɛri] 名 評論, 註釋
commentator [ˈkɑːmənˌtɛtɚ] 名 評論家
註：comment (v) 評論

Her **commentary** is unbiased.
她的評論是中立的。

commission [kəˈmɪʃən] 動 委託 名 佣金
字源：com- (一起) + mission (n) 任務

Here is your **commission**.
你的佣金在這裡。

commitment [kəˈmɪtmənt] 名 執行, 承諾, 戒律, 投入
註：commit (v) 執行, 承諾

Nothing will happen without **commitment**.
沒有全心投入的話，什麼事都不會發生的。

註：promise 保證

---

commonplace [ˈkɑːmənˌplɛs] 名 司空見慣, 平常事
commonwealth [ˈkɑːmənˌwɛlθ] 名 共和國, 全體福利
commodity [kəˈmɑːdəti] 名 商品, 日用品
註：common (a) 平常的

Low wages have become **commonplace** in Taiwan.
在台灣，低薪已經成為司空見慣的事。

communicative [kəˈmjuːnəkətɪv] 形 善於溝通的
註：communicate (v) 溝通

She is very **communicative**.
她相當善於溝通。

字源：commun- (雙向往來)

單字遊戲

communism [ˈkɑːmjəˌnɪzəm] 名 共產主義
communist [ˈkɑːmjənɪst] 名 共產主義者
註：community (n) 社區

China is ruled by the **Communist Party** in Beijing.
中國由北京共產黨所統治。

字源：commu- (一起, 往來)

---

commute [kəˈmjuːt] 動名 通勤
commuter [kəˈmjuːtɚ] 名 通勤者

I **commute** to school every day.
我每天通勤上學。

字源：commu- (往來)

---

compact [ˈkɑːmpækt] 形 小型的, 結實的, 匯集的

CD is an abbreviation for "**compact disc**."
CD 是 compact disc (小型磁碟) 的縮寫。

---

comparable [ˈkɑːmpərəbəl] 形 可比較的, 比得上的
comparative [kəmˈpɛrətɪv] 形 比較的, 相對的
註：compare (v) 比較

These two things are not **comparable**.
這兩樣東西是無法比較的。

---

compass [ˈkʌmpəs] 名 羅盤, 圓規

Sailors used to rely on **compass** for navigation.
航海員曾經是仰賴羅盤來導航的。

高階英語單字 (C10)

compassion [kəmˈpæʃən] 名 同情心
compassionate [kəmˈpæʃənət] 形 有同情心的
compatible [kəmˈpætəbəl] 形 能共處的, 相容的

Compassion is deeply rooted in human nature.
同情心是人類深處的天性。

字源：commu- (往來)

compel [kəmˈpɛl] 動 強迫, 逼迫

I can't talk to her. She's too **compelling**.
我沒辦法跟她交談。她太咄咄逼人了。

compensate [ˈkɑːmpənˌsɛt] 動 補償, 賠償
compensation [ˌkɑːmpənˈseɪʃən] 名 補償, 賠償

We'll offer you some **compensation** for your loss.
我們會為您的損失提供一些補償。

competence [ˈkɑːmpətəns] 名 能力, 勝任
competent [ˈkɑːmpətənt] 形 能幹的, 能勝任的

註：compete (v) 競爭

He is capable and **competent**.
他有能耐且能幹。

compile [kəmˈpaɪəl] 動 編譯 (程式)、彙編 (資料)

Computers only read **compiled** programming languages. 電腦只讀取編譯過的程式語言。

單字遊戲

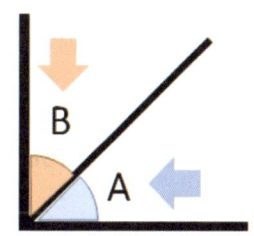

complement [ˈkɑːmpləmɛnt] 動 名 補充, 互補
註：complementary (a) 互補的

We work well together and **complement** each other.
我們工作融洽並且彼此互補。

---

complexion [kəmˈpekʃən] 名 膚色
字源：complex (混合, 複雜)

She has a fair **complexion**.
她有著漂亮的膚色。

---

complexity [kəmˈplɛksəti] 名 複雜性
complication [ˌkɑːmplɪˈkeɪʃən] 名 複雜化, 併發症
註：complex (a) 複雜的、complicate (v) 使~複雜

You must understand the **complexity** of this issue.
你必須了解這件事情的複雜性。

---

compliment [ˈkɑːmpləmɛnt] 名 讚揚, 讚美

Thank you. That was a great **compliment**.
感謝你。這是個很棒的讚美。

---

comply [kəmˈplaɪ] 動 遵循　comply with ~ 遵循
compliance [kəmˈplaɪəns] 名 遵循

All citizens must **comply with** local laws and regulations.
所有市民皆須遵循當地法律與規範。

高階英語單字 (C11)

component [kəmˈpoʊnənt] 名 構成要素, 零件, 成分
註：compose (v) 作文, 構圖

There are three key **components** to an essay.
一篇論文有三個主要的元素。

---

compound [ˈkɑːmpaʊnd] 形 合成的 名 混合物

Two different words may form a **compound word**.
兩個不同的文字可能形成一個混合字。

---

comprehend [ˌkɑːmpriˈhɛnd] 動 理解
comprehension [ˌkɑːmpriˈhɛnʃən] 名 理解力
comprehensive [ˌkɑːmpriˈhɛnsɪv] 形 理解的

This concept is easy to **comprehend**.
這個觀念很容易理解。

---

comprise [kəmˈpraɪz] 動 包括, 組成

This squad **comprises** ten soldiers.
這一個班由 10 個兵組成。

---

compromise [ˈkɑːmprəˌmaɪz] 動 名 妥協
字源：com- (互相) + promise (v) 承諾

Eventually they reached a **compromise**.
最後他們達成了妥協。

單字遊戲

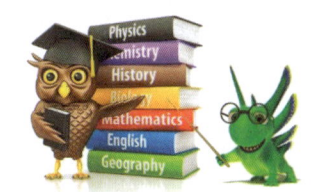

compulsory [kəmˈpʌlsəri] 形 必須的, 義務的, 必修的

Math and English are **compulsory classes**.
數學和英文是必修課。

compute [kʌmˈpjuːt] 動 計算
computerize [kəmˈpjuːtəˌraɪz] 動 電腦化

All these data are carefully **computed**.
這些檔案都經過仔細計算。

comrade [ˈkɑːmˌræd] 名 夥伴, (共產黨) 同志

Hello, **comrade**, will you help me if I'm in trouble?
哈囉，同志，如果我有麻煩你會幫助我嗎？

conceal [kənˈsiːl] 動 隱蔽, 隱藏

The man must **conceal** his identity on this mission.
這個男人在該任務中必須隱藏自己的身份。

concede [kənˈsiːd] 動 讓步, 承認
concession [kənˈsɛʃən] 名 讓步, 承認

"All right," she **conceded**, "go ahead."
她讓步說：「好吧，去吧」。

61

高階英語單字 (C12)

conceive [kənˈsiːv] 動 構想, 懷著, 懷孕
conception [kənˈsɛpʃən] 名 概念, 受孕

conceive of ~ 構想出 ~

She **conceived of** a robot with human feelings.
她構想了一隻具有人類情感的機器人。

註：concept (n) 觀念

---

concise [kənˈsaɪs] 形 簡明的

I prefer reading the **concise** version of the book.
我偏好讀這本書的精簡版。

---

condemn [kənˈdɛm] 動 譴責

註：condemnation (n) 譴責

He's been **condemned** as a traitor to the country.
他受譴責為該國的叛國者。

---

condense [kənˈdɛns] 動 濃縮

Condensed milk is milk with 70% of its water removed.
濃縮牛奶是將 70%水份移除的牛奶。

---

conduct [kənˈdʌkt] 動 指揮, 引導, 執行

註：conductor (n) 指揮者. 導體

He carefully **conducted** the orchestra on stage.
他在舞台上小心地指揮著這個交響樂團。

單字遊戲

confederation [kənˌfɛdəˈreɪʃən] 名 同盟, 聯盟
字源：con- (一起) + federation (n) 聯邦

Three parties work together to form a **confederation**.
三個團體一起合作形成同盟。

confession [kənˈfɛʃən] 名 告解, 告白
註：confess (v) 告白

She **made a confession** to a boy she likes!
她向自己喜歡的男孩告白了！

confidential [ˌkɑːnfəˈdɛnʃəl] 形 機密的

This is a **confidential** document.
這是一份機密文件。

confine [kənˈfaɪn] 動 限制, 局限

I feel my life is **confined** to work.
我感覺我的生活被工作限制住了。

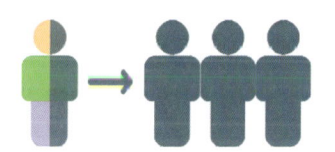

conform [kənˈtɔːrm] 動 順從, 符合, 與~一樣
字源：con- (相同) + form (n) 樣式   字源：con- (相同) + form (n) 樣式

I gradually learned to **conform** to local customs.
我漸漸地學會順從當地的習慣。

高階英語單字 (C13)

confront [kənˈfrʌnt] 動 面臨, 起衝突
confrontation 名 正面衝突

字源：con- (一起) + front 正面

They are having a **confrontation**.
他們正在起一場衝突。

---

congressman [ˈkɑːŋɡrəsmən] 名 國會議員

註：congress (n) 國會

The **congressman** is going to make a public speech.
這名議員即將要發表公開談話。

---

conquest [ˈkɑːŋkwɛst] 名 征服, 克服

註：conquer (v) 征服

註：defeat (v) 擊敗

The **conquest** of the Americas changed the western history. 美洲的征服改變了西方歷史。

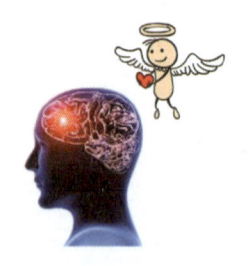

---

conscientious [ˌkɑːnʃɪˈɛnʃəs] 形 有良心的, 盡責的

註：conscience (良知)　字源：con- (with) + science (know)

She has been a **conscientious** worker.
她一直是位有良心的(盡責的)員工。

---

consecutive [kənˈsɛkjətɪv] 形 連續不斷的, 連貫的

註：consequent (a) 連續的

Car accidents occur **consecutively** at this intersection.
車禍在這個十字路口不斷地發生。

單字遊戲

consent [kənˈsɛnt] 動 名 同意, 贊成
consensus [kənˈsɛnsəs] 名 共識

We have reached a **consensus** in this meeting.
我們在該次會議中達成了一個共識。

conserve [kənˈsɜːv] 動 保存, 保育
conservation [ˌkɑːnsɚˈveɪʃən] 名 保存, 保育, 節育

字源：con- (一起) + serve 服務

Environmental conservation is a big issue.
環境保育是一個大議題。

considerate [kənˈsɪdərɛt] 形 顧慮的, 體諒的, 體貼的

註：consider (v) 考慮

They are both **considerate** people.
他們兩位都是懂得思考體諒的人。

console [kənˈsoʊl] 動 安慰, 慰問
consolation 名 安慰, 慰問

Jenny lost her dog, and I'm trying to **console** her.
Jenny 失去了她的狗狗，我正在試著安慰她。

[p] **p**ea
[t] **t**ea
[s] **s**ea

consonant [ˈkɑːnsənənt] 名 子音

Consonants make words different.
子音讓字有所差異。

高階英語單字 (C14)

conspiracy [kənˈspɪrəsi] 名 共謀, 陰謀
註：conspire (v) 共謀

The police uncovered an international **conspiracy**.
警方揭發了一起國際陰謀。

constitutional [ˌkɑːnstəˈtuːʃənəl] 形 憲法的, 體格的
註：constitute (v) 構成、constitution (n) 憲法

Freedom of speech is a **constitutional** right.
言論自由是一項憲法規定的權力。

constraint [kənˈstreɪnt] 名 約束, 限制
註：constrain (v) 約束, 限制

同義字：restrain (v) 抑制

I can't finish my job due to **time constraints**.
由於時間限制，我無法完成我的工作。

consultation [ˌkɑːnsʌlˈteɪʃən] 名 諮詢, 商議
註：consult (v) 諮詢　　in consultation with ~ 與~進行諮詢

They spent hours **in consultation with** their lawyers.
他們與律師進行了數鐘頭的諮詢。

consumption [kənˈsʌmpʃən] 名 消耗, 用盡
註：consume (v) 消耗, 消費, 吃

Oh man, you should limit your **food consumption**.
喔老兄，你應該控制一下你的飲食。

單字遊戲

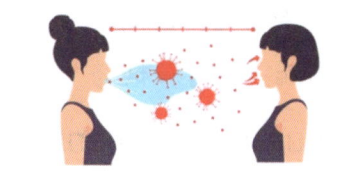

contagious [kənˈteɪdʒəs] 形 接觸傳染的

Not all infectious diseases are **contagious**.
並非所有的傳染性疾病都屬於接觸感染型的。

同義字：infectious 有感染力的

---

contaminate [kənˈtæməˌnɛt] 動 弄髒, 污染
註：contamination (n) 汙染

The water is **contaminated**. Don't drink it!
這水受到汙染了。別喝！

---

contemplate [ˈkɑːntəmˌplɛt] 動 沉思, 仔細考慮
註：contemplation (n) 沉思

He **contemplated** his future for a few hours.
他花了幾個鐘頭仔細思考自己的未來。

---

contemporary [kənˈtɛmpəˌrɛri] 形 當代的 名 同時代的人
字源：con- (共同) + temporary (a) 暫時的 = 目前共處的年代

He is a **contemporary** artist.
他是一位當代藝術家。

---

contempt [kənˈtɛmpt] 名 輕視, 藐視

I stared at him with total **contempt**.
我以完全鄙視的眼神瞪著他。

同義字：despise, scorn

高階英語單字 (C15)

contend [kənˈtɛnd] 動 爭論, 爭取, 聲稱
contention [kənˈtɛnʃən] 名 爭論, 爭取, 聲稱

He **contended** that it was an unfair judgment.
他聲稱這是場不公平的裁定。

---

contestant [kənˈtɛstənt] 名 競賽者
註：contest (n) 競賽

One of the **contestants** will win $100,000 on this show.
本節目中將有一位競賽者會贏得$100,000元。

---

continental [ˌkɑːntəˈnɛntəl] 形 大陸的, 洲的
註：continent (n) 大陸

A **continental** climate is different from an insular one.
大陸型氣候與島型氣候不同。

---

continuity [ˌkɑːntəˈnuːɪti] 名 繼續, 連續, 持續性
註：continue (v) 繼續

We need funds to ensure the **continuity** of our work.
我們需要資金來確保這項工作能持續進行。

---

contractor [ˈkɑːnˌtræktə] 名 承包商, 立契約者
註：contract (n) 合約

We hired a **contractor** to deal with the case.
我們聘僱了一個承包商來處理這項事件。

單字遊戲

contradict [ˌkɑːntrəˈdɪkt] 動 反駁, 矛盾
contradiction [ˌkɑːntrəˈdɪkʃən] 名 反駁, 矛盾

Your behavior shows a certain level of **contradiction**.
你的行為表現出一定程度的矛盾現象。

We fight and surrender!

---

controversial [ˌkɑːntrəˈvɜːʃəl] 形 有爭議的
controversy [ˈkɑːntrəˌvɜːsi] 名 爭議

Euthanasia is a **controversial** issue to many people.
安樂死對很多人來說是一項具有爭議的議題。

convene [kənˈviːn] 動 召集(會議), 聚集

The boss **convened** a meeting this morning.
今天早上這位老闆召集了一場會議。

同義字：gather

---

convert [ˈkɑːnvɚt] 動 轉變, 變化
conversion [kənˈvɜːʒən] 名 轉變, 變化

A positive person can **convert** sorrow **into** strength.
一個正面的人可以將悲傷轉換為力量。

convict [ˈkɑːnvɪkt] 動 判罪 名 罪犯
conviction [kənˈvɪkʃən] 名 定罪, 信念

be convicted of a crime 被判某罪行

He **is convicted of** robbery.
他被判定竊盜罪。

高階英語單字 (C16)

coordinate [kəˈɔːrdnɪt] 動 合作, 協調, 連接

註：coordination (n) 連結

She is an experienced **coordinator**.
她是一位有經驗的協調者。

基礎衍生字彙 ⇒ **copyrigh** 名 版權, 著作權

---

coral [ˈkɔːrəl] 形 珊瑚的 名 珊瑚

Coral reefs are homes to many marine animals.
珊瑚礁是許多海洋動物的家。

註：reef 礁石

---

core [ˈkɔːr] 名 核心

The **inner core** of Earth is a hot, solid ball of iron.
地球的內部核心是一個炙熱且實心的鐵球。

---

corporate [ˈkɔːrpərɛt] 形 公司的
corporation [ˌkɔːrpəˈreɪʃən] 名 公司

We started a new **corporation**.
我們開創了一間新的公司。

---

corpse [ˈkɔːrps] 名 屍體

There are **corpses** everywhere in the war.
戰爭中到處都是屍體。

單字遊戲

correlation [ˈkɔːrəˌleɪʃən] 名 相互關聯
字源：co- (互相) + relation 關係

We find a **correlation** between two incidents.
我們發現兩件事件之間的相互關聯。

correspondence 名 一致, 通信
correspondent 形 符合的, 一致的 名 通信者
註：correspond (v) 呼應　　字源：co- (互相) + respond 回應

Our ideas are **correspondent**.
我們的想法是一致的。

corridor [ˈkɔːrədɔr] 名 迴廊, 走廊

Your friend is waiting at the end of the **corridor**.
你的朋友在走廊的盡頭處等你。

corrupt [kəˈrʌpt] 動 貪污 形 腐敗的, 貪污的
corruption [kəˈrʌpʃən] 名 腐化, 貪污

This country is too **corrupt**.
這個國家太過於貪汙腐敗了。

cosmetic [kɑzˈmɑtɪk] 名 形 化妝品(的)

Where did you buy these **cosmetic** products?
你在哪裡買這些彩妝用品呢？

71

高階英語單字 (C17)

counsel [ˈkaʊnsəl] 動 名 建議, 忠告
counselor [ˈkaʊnsələ] 動 諮詢師, 律師

I need to see a **counselor** for advice.
我需要找位諮詢師尋求建議。

counterpart [ˈkaʊntə-ˌpɑːrt] 名 對應者, 對應窗口
字源：counter- (對應) + part (n) 部分

I'll connect you to our **counterpart** in Japan.
我會幫你連接我們在日本的對外窗口。

coupon [ˈkuːˌpɒn] 名 優惠券, 票券

I have a **coupon** for this meal.
我有這份餐點的優惠券。

courteous [ˈkɜːtɪəs] 形 彬彬有禮的
註：courtesy (n) 禮儀　字源：court (n) 宮廷

He is a **courteous** person.
他是一位彬彬有禮的人。

同義字：polite 有禮貌的

基礎衍生字彙 ➡ **courtyard** 名 庭園

coverage [ˈkʌvərədʒ] 名 覆蓋範圍, 保險項目
註：cover (v) 覆蓋

He tries to raise awareness through **media coverage**.
他嘗試著透過媒體覆蓋的方式來提升大眾注意力。

72

單字遊戲

cowardly [ˈkaʊɚdli] 形 膽小的, 懦怯的

He is too **cowardly** to take up the challenge.
他們太膽小了無法接受這項挑戰。

cozy [ˈkoʊzi] 形 愜意的, 舒適的

Most people want to live a **cozy** life.
大多數的人都想要過愜意的生活。

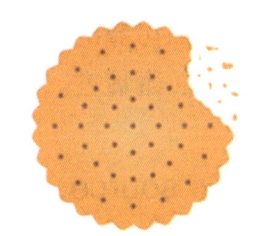

cracker [ˈkrækɚ] 名 酥脆餅乾
註：crack (v) 裂開

If you eat up all the **crackers**, you'd be fat.
如果你吃光全部的餅乾，你會胖喔。

crackdown 動 名 鎮壓

The Tiananmen Square massacre was a ruthless **crackdown**. 天安門事件是一場無情的鎮壓。

cram [ˈkræm] 動 把~塞滿, 死記硬背

I'll need to **cram** tonight for my exam.
我今晚得死讀書一下來應付我的考試。

高階英語單字 (C18)

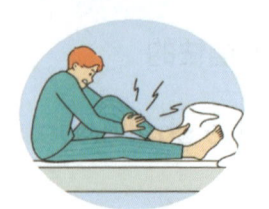

cramp [ˈkræmp] 動 抽筋, 限制, 約束　名 金屬夾鉗

I woke up with **cramp** in my leg.
我醒來時腳抽筋。

---

crater [ˈkreɪtə] 名 火山口, 巨大坑洞

A comet hit the earth and left a **crater** on the ground.
一顆彗星撞擊了地球並在地面留下了一個大坑洞。

---

credible [ˈkrɛdəbəl] 形 可信的, 可靠的
credibility [ˌkrɛdəˈbɪləti] 名 可信性, 確實性
註：credit (n) 可信度

註：credit card 信用卡

This news comes from a **credible** source.
這條新聞來自於一個可信的來源。

---

creek [ˈkriːk] 名 溪流 (中型)
註：stream 大溪流、brook 小溪流

We are left up the **creek** without a paddle.
我們被遺留在溪流上方而且沒有船槳（我們麻煩大了）。

---

cripple [ˈkrɪpəl] 動 跛行　名 跛子

They were **crippled** in a car accident.
他們在一場車禍中成了殘障。

單字遊戲

criteria [kraɪˈtɪrɪə] 名 標準　註：單數型 criterion

We use the same **criteria** to evaluate all of our employees.　我們以相同標準來看待所有員工。

crocodile [ˈkrɑːkəˌdaɪl] 名 長吻鱷　註：alligator 短吻鱷

Crocodiles and alligators are very similar.
長吻鱷與短吻鱷非常相似。

crucial [ˈkruːʃəl] 形 關鍵性的, 重要的

He made a critical decision at the **crucial** moment.
他在關鍵性的時刻做出了關鍵的決定。

crude [ˈkruːd] 形 未經加工的, 粗糙的

Crude oil needs to be refined to become petroleum.
原油要經過提煉才能變成石油。

cruise [ˈkruːz] 名 豪華郵輪

Cruises are designed to provide pleasant voyage.
豪華郵輪的設計是為了提供愉悅的旅途。

似：liner 遠洋郵輪

高階英語單字 (C19)

crutch [ˈkrʌtʃ] 名 T 形枴杖

He needs to walk with a **crutch** for a few months.
這幾個月他走路都需要拐杖。

crystal [ˈkrɪstəl] 形 水晶的 名 水晶

Some people believe **crystals** have healing power.
一些人相信水晶具有治癒的能力。

cub [ˈkʌb] 名 幼獸, 幼鯨

Don't touch **cubs** because their mothers are nearby.
別觸摸幼獸，因為他們媽媽就在附近。

cucumber [ˈkjuːkʌmbɚ] 名 小黃瓜

We can order some **cucumber** for the starter.
我們可以點一些小黃瓜來當開胃菜。

cuisine [ˌkwɪˈziːn] 名 菜餚

Let's go out and sample some local **cuisine**.
我們出去品嚐一些地方美食吧。

單字遊戲

cultivate [ˈkʌltɪˌvet] 動 教化, 栽培

註：culture (n) 文化

It takes a decade to grow trees but a century to **cultivate** people. 種樹要花十年，教化人民要花百年。

cumulative [ˈkjuːmjələtɪv] 形 累積的

註：accumulate (v) 累積

Wealth is a **cumulative** process.
財富是一種累積的過程。

curb [ˈkɜːb] 動 名 抑制, 勒住

You need to **curb** your temper.
你需要抑制自己的脾氣。

curfew [ˈkɜːfjuː] 名 宵禁, 戒嚴

I'm 16 but I still have a **curfew**.
我 16 歲了，但是我仍然有宵禁。

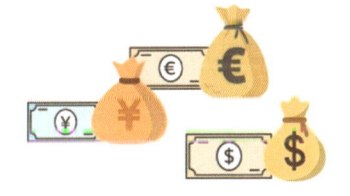

currency [ˈkɜːrənsi] 名 貨幣

字源：current (n) 洋流 (流通貨幣)

I need to find a bank for **currency exchange**.
我需要找一件銀行兌換貨幣。

77

高階英語單字 (C20)

curriculum [kəˈrɪkjʊləm] 名 課綱, 課程表

The school added a new course to the **curriculum**.
學校增加了一門新的課程到課綱裡。

---

curry [ˈkɜːri] 名 咖哩

Let's order some **curry** for dinner tonight.
我們今天晚餐叫咖哩來吃吧。

---

custody [ˈkʌstədi] 名 監護權, 保管

The parents are fighting for **custody** of their children.
這對父母在爭奪小孩子的監護權。

---

customary [ˈkʌstəˌmɛri] 形 習慣上的, 按慣例的
customs [ˈkʌstəmɚ] 名 海關

註：custom (n) 習慣, 習俗

This is our **customary** behavior.
這是我們的習慣性行為。

Everything is *Terrible*!

cynical [ˈsɪnɪkəl] 形 憤世嫉俗的

This man is too **cynical**.
這個人太憤世嫉俗了。

78

單字遊戲

NOTE

高階英語單字 (D1)

dazzle [ˈdæzəl] 動 使~暈眩　註：dizzy (a) 暈眩的

This light is **dazzling** me.
這盞燈光讓我暈眩。

基礎衍生字彙 → **deadly** 形 致命的, 極度的

deafen [ˈdɛfən] 動 使~聽不清楚
註：deaf (a) 耳聾的

A very loud noise could **deafen** people.
很大的噪音可能使人耳聾。

debris [dəˈbriː] 名 殘骸

This city is filled with **debris** from the war.
這座城市充滿了戰爭所留下的殘骸。

似：ruin 遺跡

debut [dɛˈbjuː] 名 首次露面, 初次登臺

This is my **debut show**.
這是我第一次演出。

decay [dəˈkeɪ] 動 腐朽, 衰退　名 蛀牙

Tooth decay can lead to cavities if not treated.
如果沒有治療，蛀牙會產生牙洞。

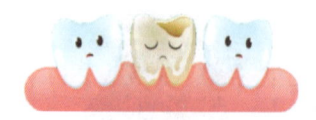

註：cavity 牙洞

單字遊戲

deceive [dəˈsiːv] 動 欺騙, 蒙蔽
註：deception (n) 欺騙

I think you have been **deceived**.
我想你被蒙騙了。

decent [ˈdiːsənt] 形 適當的, 體面的

Please wear **decent** clothes at work.
工作時請穿著適當的衣服。

似：modest 謙卑的

---

decisive [dəˈsaɪsɪv] 形 決定性的, 果斷的
註：decide (v) 決定

You need to be more **decisive**.
你需要更果斷一點。

declaration [ˌdɛkləˈreɪʃən] 名 宣告, 聲明
註：declare (v) 宣布

The USA made the **Declaration of Independence** in 1776. 美國於 1776 年發表了獨立宣言。

decline [dɪˈklaɪn] 動 名 下滑, 下降
字源：de- (往下) + cline (傾斜)

The business profits are **on the decline**.
生意的獲利正在下滑。

同義字：decrease 減少, 下降

高階英語單字 (D2)

dedicate [ˈdɛdəˌkeɪt] 動 致力於, 奉獻於
dedication [ˌdɛdəˈkeɪʃən] 名 致力, 奉獻

Marie Curie **dedicated** her life **to** science.
居里夫人將她的一生都奉獻於科學。

同義字：devote

---

deduct [dɪˈdʌkt] 動 扣除　deduct A from B　從 B 扣除 A

We will **deduct** 5% income tax **from** your salary.
我們會從你的薪水中扣除 5%的所得稅。

同義字：subtract 抽走, reduce 降低, minus 減少

---

deem [ˈdiːm] 動 視為

Bats **are** usually **deemed as** vicious animals.
蝙蝠經常被視為邪惡的動物。

---

default [dəˈfɒlt] 名 預設值　動 還原, 棄權, 不履行

Upload a photo to replace the **default image**.
上傳一張照片來取代預設值的縮圖。

---

defect [ˈdiːfɛkt] 名 瑕疵, 缺陷　動 投敵

We don't allow any **defect** in our products.
我們不允許我們的產品有任何的瑕疵。

似：flaw 缺點

82

單字遊戲

defendant [dɪˈfɛndənt] 名 被告, 辯方 (防守方)
註：defend (v) 防禦

The evidence shows that the **defendant** is innocent.
證據顯示被告是無罪的。

---

deficit [ˈdɛfəsɪt] 名 不足額, 赤字
註：deficient (a) 不足的　deficiency (n) 不足, 缺乏

Nobody wants to see their profits in **deficit**.
沒有人想看到自己的利潤為赤字。

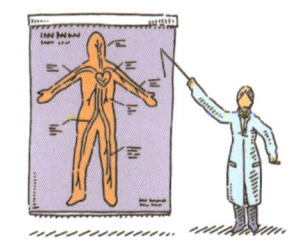

---

definitive [dəˈfɪnətɪv] 形 明確的, 清楚定義的, 決定性的
註：define (v) 定義

There is no **definitive** answer to this question.
這個問題沒有既定的答案。

---

defy [dəˈfaɪ] 動 公然反抗, 蔑視
defiance [dɪˈfaɪəns] 名 公然反抗, 蔑視

He **defied** his boss on the first day at work.
他第一天上班就公然蔑視他的老闆。

---

delegate [ˈdɛləˌɡɛt] 名 代表人
delegation [ˌdɛləˈɡeɪʃən] 名 代表團, 權責分配
deputy [ˈdɛpjəti] 名 代表, 代理人, 副手

John will be my **deputy** while I'm away.
我不在的時候 John 是我的代理人。

83

高階英語單字 (D3)

deliberate [dɪˈlɪbərɛt] 形 深思熟慮的, 蓄意的

He made a **deliberate** approach to reach his target.
他做了一項深思熟慮的計畫來達成目標。

democrat [ˈdɛməˌkræt] 名 民主主義者

註：democracy (n) 民主

As a **democrat**, I support a referendum.
身為民主主義者，我支持公投。

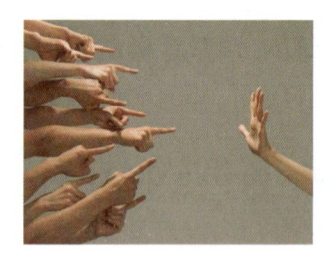

denial [dɪˈnaɪəl] 名 否認, 拒絕

註：deny (v) 否認, 拒絕

She shook her head **in denial**.
她搖頭表示否認。

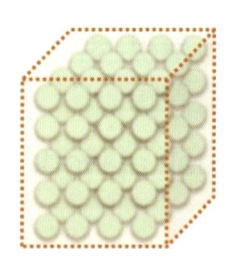

density [ˈdɛnsəti] 名 密度

註：dense (a) 密集的

Taiwan has a high **density** of population.
台灣有著高密度的人口。

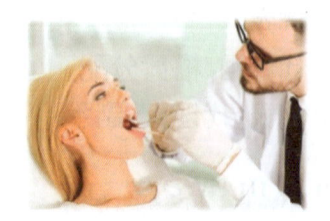

dental [ˈdɛntəl] 形 牙齒的, 牙科的

註：dentist (n) 牙醫

I have a **dental checkup** twice a year.
我一年進行兩次牙齒檢查。

單字遊戲

depict [dɪˈpɪkt] 動 描述, 描繪
字源：describe (v) 描述 + picture (n) 圖片

This painting **depicts** the life of a mysterious lady.
這幅畫描繪著一位神秘女士的一生。

deplete [dɪˈpliːt] 動 耗盡資源(精力等)
註：depletion (n) 剝削, 耗盡

He feels completely **depleted of his energy**.
他感覺精疲力盡。

deploy [dɪˌplɔɪ] 動 展開, 部署

The boss plans to **deploy** more staff to this region.
老闆計畫在這個區域部署更多名員工。

depress [dɪˈprɛs] 動 使~沮喪
註：depression (n) 沮喪　　字源：de- (往下) + press (壓)

He looks **depressed** these days.
他這幾天看起來有些沮喪。

deprive [dɪˈpraɪv] 動 剝奪
字源：de- (去除) + private (私人的)　　feel deprived of ~ 感覺~被剝奪

I **feel deprived of** rights and freedom.
我感覺權力與自由受到剝奪。

參照的 delegate ➔ **deputy** 名 代表, 代理人, 副手

高階英語單字 (D4)

derive [dəˈraɪv] 動 延伸, 取得

Dairy products **are derived from** milk.
乳製品是從牛奶取得的。

descend [dɪˈsɛnd] 動 下降, 承傳血統
descent [dɪˈsɛnt] 名 下降, 血統
註：descendant (n) 後代

They claim to **be descended from** a royal family.
他們宣稱自己血統傳承於一個皇室家庭。

descriptive [dɪˈskrɪptɪv] 形 敘述的, 形容的, 有畫面的
註：describe (v) 描述

Her words are logical and **descriptive**.
她的言詞有邏輯又具有描述力。

despair [ˌdɪˈspɛr] 動 名 絕望
註：desperate (a) 絕望的

"Well, I give up!" she said **in despair**.
她絕望地說著：「算了，我放棄了！」。

despise [ˌdɪˈspaɪz] 動 鄙視

He is not honest. I **despise** him.
他不誠實。我鄙視他，

同義字：contempt, scorn

單字遊戲

destiny [ˈdɛstənɪ] 名 最終命運
destined [ˈdɛstɪnd] 形 注定的
destination [ˌdɛstəˈneɪʃən] 名 目的地, 終點

We are masters of our own **destiny**.
每個人決定自己最終的命運。

destructive [dɪˈstrʌktɪv] 形 破壞的, 毀滅性的

註：destroy (v) 破壞

This attack is very **destructive**.
這個攻擊相當具破壞性。

detach [dɪˈtætʃ] 動 分開, 拆卸, 派遣

The cable has **detached** from the power socket.
電線從插座脫離了。

反義字：attach (v) 連接

detain [dɪˈteɪn] 動 滯留, 拘留
detention [dɪˈtenʃən] 名 滯留, 拘留

He is **detained** by the police for illegal activities.
他因從事非法活動而被被警方拘留。

deter [dɪˈtɜː] 動 嚇住, 使斷念, 使放棄

She is not easily **deterred** by threats and challenges.
她不是一個容易因威脅或挑戰而放棄的人。

高階英語單字 (D5)

detergent [dɪˈtɜ:dʒənt] (名) 洗潔劑

Don't use too much **detergent** on the dishes.
盤子上不要用太多的洗碗精。

---

devotion [dɪˈvoʊʃən] (名) 奉獻

註：devote (v) 奉獻

His **devotion** to his wife and family is extraordinary.
他對太太與家人的奉獻是無以倫比的。

---

devour [dɪˈvaʊɚ] (動) 吞沒

That monster can **devour** humans with one bite.
那隻怪獸一口就可以把人給吞掉。

同義字：swallow

---

diabetes [ˌdaɪəˈbiːtiz] (名) 糖尿病

註：diabetic (a) 糖尿病的

She has lived with **diabetes** for 20 years.
她已經與糖尿病共存 20 年了。

---

diagnose [ˈdaɪəgnoʊz] (動) 診斷
diagnosis [ˌdaɪəgˈnoʊsɪs] (名) 診斷

He **was diagnosed with** cancer.
他被診斷出癌症。

單字遊戲

dialect [ˈdaɪəˌlɛkt] 名 方言

People speak different **dialects** in this country.
這個國家的人說著不同的方言。

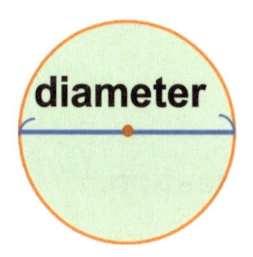

diameter [daɪˈæmɪtɚ] 名 直徑

The **diameter** is twice the length of the radius.
直徑是半徑的兩倍長度。

diaper [ˈdaɪpɚ] 名 尿布

I bought new **diapers** for the baby.
我替寶寶買了新的尿布。

dictator [dɪkˈteɪtɚ] 名 獨裁者
dictatorship 名 獨裁, 專制
dictate 動 口述, 下命令
dictation 名 口述, 命令

Adolf Hitler was a **dictator** of Germany.
希特勒是德國的一位獨裁者。

diesel [ˈdiːsəl] 名 柴油

Buses are powered by **diesel engines**.
公車由柴油引擎所驅動。

高階英語單字 (D6)

differentiate [ˌdɪfəˈrɛnʃɪˌet] 動 區分, 構成差別

註：differ (v) 不同於　　differentiate A from B　從 B 區分出 A

Tom is smart. It's easy to **differentiate** him **from** others.
Tom 很聰明。很容易與其它人做出區別。

---

digestion [daɪˈdʒɛstʃən] 名 消化

註：digest (v) 消化

Junk food may **upset your digestion**.
垃圾食物可能讓你消化不良。

---

dilemma [dəˈlɛmə] 名 困境, 進退兩難

I'm facing a **dilemma**.
我正面臨進退兩難的處境。

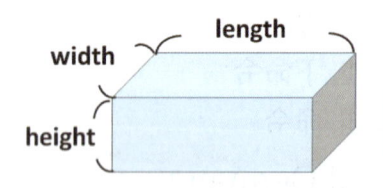

---

dimension [dɪˈmɛnʃən] 名 長寬高, 尺寸

The **dimensions** of a box can affect shipping costs.
箱子的尺寸(長寬高)會影響運費。

---

diminish [dəˈmɪnɪʃ] 動 逐漸消失, 減少

With falling birth rate, Taiwan's workforce is **diminishing**.
隨著出生率降低，台灣的勞動力正在逐漸消失。

單字遊戲

diplomatic [ˌdɪpləˈmætɪk] 形 外交的
diplomacy [dɪˈploʊməsi] 名 外交
註：diplomat (n) 外交官

The two countries agreed to establish **diplomatic relations**. 兩國同意建立外交關係。

directive [dəˈrɛktɪv] 名 指令, 命令
directory [dəˈrɛktəri] 名 指南, 位址
註：direct (v) 指示方向

The school issued a **directive** for students to follow. 校方發出一則命令要學生們遵守。

disable [ˌdɪˈseɪbəl] 動 失去能力, 成為殘障
註：disability (n) 殘障

They became **disabled** in a car accident. 他們在一場意外中變成了身障人士。

disastrous [ˌdɪˈzæstrəs] 形 災害的, 悲慘的
註：disaster (n) 災難

Some **disastrous** event wiped out all dinosaurs. 某件災害性的事件使恐龍滅絕了。

disapprove [ˌdɪsəˈpruːv] 動 不贊成, 不同意
disbelief [ˌdɪsbəˈliːf] 名 不信, 懷疑
discomfort [dɪsˈkʌmfɚt] 名 不舒服, 不安
disconnect [ˌdɪskəˈnɛkt] 動 切斷(電話、電源等)
disgrace [ˌdɪsˈɡreɪs] 動 丟臉, 恥辱

註：dis- (表示否定)

高階英語單字 (D7)

discard [ˌdɪsˈkɑ:rd] 動名 拋棄, 丟棄, 出牌
字源：dis- (否定) + card (n) 卡片 = 把牌出掉

When things are not useful, I tend to **discard** them.
當東西部沒有用處時，我通常丟掉它們。

discharge [ˈdɪstʃɑ:rdʒ] 動名 排出, 釋放, 解雇
字源：dis- (否定) + charge (v) 負責 = 不用負責了

同義字：dismiss

Joe **was discharged from** the company last month.
Joe 上個月被公司解雇了。

disciple [dəˈsaɪpəl] 名 信徒, 門徒

The **disciples** of Christ keep spreading his messages.
耶穌基督的門徒繼續傳播他的福音。

disciplinary [ˈdɪsəpləˌnɛri] 形 有教養的, 有紀律的
註：discipline (n) 教養, 紀律

You will obey orders or face **disciplinary actions**.
你們要服從命令，不然會面臨紀律處分。

disclose [dɪsˈkloʊz] 動 揭發, 透露
disclosure [dɪsˈkloʊʒɚ] 名 揭發, 透露
字源：dis- (否定) + close (關閉)

Your secret will be **disclosed** soon.
你的秘密很快就會被揭發了。

92

單字遊戲

discourse [ˈdɪskɔrs] 動名 論述, 說道, 演說

Students are listening to their teacher's **discourse**.
學生們正在聽取老師的言談。

discreet [ˌdɪˈskriːt] 形 謹慎的, 謙虛的

Meerkats are **discreet** about their surroundings.
狐蒙對於牠們的周遭非常謹慎。

同義字：alert 驚覺的

discriminate [ˌdɪˈskrɪməˌneɪt] 動 歧視, 區分
discrimination [ˌdɪˌskrɪməˈneɪʃən] 名 歧視, 區分

Racial discrimination should be avoided.
種族歧視應當被避免。

似：racism 種族歧視

dismay [ˌdɪsˈmeɪ] 動名 傷心, 錯愕 (沒心理準備)
distress [ˌdɪsˈtrɛs] 動名 憂傷

Sorry I didn't mean to **distress** you.
抱歉，我不是故意要讓你憂傷的。

同義字：grief, sorrow

dispense [ˌdɪˈspɛns] 動 分配, 供應
dispensable [ˌdɪˈspɛnsəbəl] 形 可隨意分配的, 非必要的

A dispenser will **dispense** hot and cold water.
飲水機能供應熱水與冷水。

註：dispenser 飲水機, 分流器

The dictator makes us feel our lives are **dispensable**.
這位獨裁者讓我們覺得我的的生命好像不重要(可任意分配)一樣。

高階英語單字 (D8)

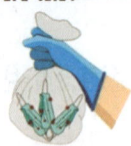

dispose [dɪˈspoʊz] 動 處置, 丟棄
disposal [dɪˈspoʊzəl] 名 處置, 丟棄
disposable [dɪˈspoʊzəbəl] 形 可丟棄的

All medical wastes should be properly **disposed** of.
所有的醫療廢棄物都必須好好處理。

---

disrupt [ˌdɪsˈrʌpt] 動 中斷

Our conversation is **disrupted**.
我們的對話被中斷了。

同義字：interrupt 打岔

---

dissent [dɪˈsɛnt] 動 名 反對, 異議

He expressed his **dissent** to our proposal.
他對我們的提議表達出他的異議。

反義字：consent (v) 同意

---

dissolve [dɪˈzɑːlv] 動 溶解

The tablet has completely **dissolved** in water.
這顆藥片已經完全溶解於水。

---

distinctive [dɪˈstɪŋktɪv] 形 有區別的, 傑出的
distinction [dɪˈstɪŋkʃən] 名 區別, 榮譽

註：distinct (a) 獨特的; distinguish (v) 區分

Everyone is **distinctive**.
人人都是傑出獨特的。

單字遊戲

distract [ˌdɪˈstrækt] 動 分心, 干擾
distraction [ˌdɪˈstrækʃən] 名 分心, 干擾

Stop! You are **distracting** me.
停下來！你們正在使我分心。

參照 dismay ⇒ **distress** 動名 憂傷

disturbance [ˌdɪˈstɜːbəns] 名 打擾
註：disturb (v) 打擾

同義字：bother 打擾

You are causing **disturbance** to me.
你們正在對我造成干擾。

diversify [daɪˈvɜːsəˌfaɪ] 動 使~多樣化
註：diverse (a) 多樣化的

Immigrants will enrich and **diversify** our culture.
移民人士會使我們文化豐富且多元化。

divert [daɪˈvɜːt] 動 轉向, 轉換
diversion [daɪˈvɜːʒən] 名 轉向, 轉換

Due to traffic, all cars are being **diverted** by policemen.
由於交通阻塞，所有車子都被警察疏散轉向。

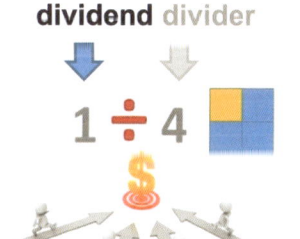

dividend divider

dividend [ˈdɪvəˌdɛnd] 名 被除數, 紅利, 股息
註：divide (v) 切割, 除以

The company increased the **dividend** by 5%.
該公司將股息提高了 5%。

高階英語單字 (D9)

doctrine [ˈdɑːktrɪn] 名 教義, 信條

We should follow the **doctrine of the Bible**.
我們應該遵循聖經的教條。

document [ˈdɑːkjʊmɛnt] 名 文件, 證件
documentary 形 文件的 名 記錄片

I'll send you the **document** by email.
我會把這些文件用 email 寄給你。

domain [doʊˈmeɪn] 名 領域 (主宰範圍)

註：dominate (v) 主宰

This region is part of his **domain**.
這個區域在他的主宰範圍之內。

dome [doʊm] 名 圓頂建築

This building is topped by a **dome** of white marble.
這棟建築物上面是一個白色大理石的圓頂建築。

donate [doʊˈneɪt] 動 捐獻
donation [doʊˈneɪʃən] 名 捐獻
donor [doʊˈnɚ] 名 捐獻者

同義字：endow 大筆捐助

I will **donate** a portion of my income to charity.
我會將我的薪水一部分捐獻給慈善機構。

單字遊戲

doom [ˈduːm] 動 注定 名 厄運, 毀滅

He is **doomed** to fail.
他注定要輸了。

基礎衍生字彙 → **doorway** 名 出入口, 門口

dormitory [ˈdɔːrməˌtɔːri] 名 學生宿舍 (簡：dorm)

I had a great **dormitory** life when I was in college.
我大學時期有很棒的宿舍生活。

dough [ˈdoʊ] 名 生麵糰, 生計, 金錢

註：doughnut (n) 甜甜圈

He works hard for his **dough**.
他努力工作賺錢討生活。

基礎衍生字彙 → **downward(s)** 副 向下

doze [doʊz] 動 名 (打)瞌睡

Stop **dozing** at work!
別在工作時打瞌睡！

drastic [ˈdræstɪk] 形 激烈的, 極端的

Covid-19 brought a **drastic change** in people's life.
新冠病毒在人類生活中帶來了激烈的改變。

高階英語單字 (D10)

draught [ˈdrɑft] 名 生啤酒

We serve **draught beer** at the bar.
我們吧檯有提供生啤酒。

---

dreadful [ˈdrɛdfəl] 形 可怕的

註：dread (v) 畏懼

The poor kid had a **dreadful** dream from his sleep.
這位可憐的小孩剛剛睡覺做了一個可怕的夢。

---

dresser [ˈdrɛsɚ] 名 五斗櫃, 梳妝台
dressing [ˈdrɛsɪŋ] 名 衣著, 沙拉醬

She spent three hours in front of her **vanity dresser**.
她在梳妝台前待了 3 個小時。

基礎衍生字彙 ➡ **driveway** 名 車道 (住宅通往馬路的路段)

---

drought [ˈdraʊt] 名 旱災

We are currently facing a **drought** in our country.
我們國家目前正面臨著一場乾旱。

---

dual [ˈduːəl] 形 雙重的

This country allows citizens to carry **dual citizenship**.
這個國家允許公民具有雙重國籍。

單字遊戲

dubious [ˈduːbɪəs] 形 可疑的, 含糊的
註：doubt (v) 存疑

I feel **dubious** about his action.
我對他的行動感到存疑。

duration [dʊˈreɪʃən] 名 期間, 持久度
註：due 到期；during 在~期間

This concert will be held for a **duration** of a week.
這場演唱會將會舉行一週的期間。

dusk [ˈdʌsk] 名 黃昏 (日落時分)

I work from dawn to **dusk**.
我從黎明工作到黃昏。

註：dawn 黎明

dwarf [ˈdwɔːrf] 形 矮小的 名 侏儒

"Snow White and the Seven **Dwarfs**" is a famous tale.
「白雪公主與七個小矮人」是一個知名的童話故事。

dwell [ˈdwɛl] 動 居住, 思索　註：dwelling (n) 居所

Ants built nests underground and **dwell** inside.
螞蟻在地底下築巢並且居住在內。

高階英語單字 (E1)

eccentric [ɪkˈsɛntrɪk] 形 古怪的 名 怪人

Hey, watch out for these **eccentric** people!
嘿！小心這些怪人喔。

---

eclipse [ɪˈklɪps] 名 日蝕, 月蝕

There are at least two solar **eclipses** per year.
一年至少有兩次日蝕。

---

ecology [ɪˈkɑːlədʒi] 名 生態(學)
ecological [ikəˈlɑːdʒɪkəl] 形 生態(學)的
ecosystem [ˈikoʊˌsɪstəm] 名 生態系統

It's important to maintain **ecological balance**.
保持生態平衡很重要。

---

edible [ˈɛdəbəl] 形 可吃的

註：eat (v) 吃

Are you sure this is **edible**?
你確定這個可以吃嗎？

---

editorial [ˌɛdɪˈtɔːrɪəl] 名 形 社論(的)

註：editor (v) 編輯者

She is an **editorial writer** for *New York Times*.
她是一位紐約時報的社論作家。

單字遊戲

ego [ˈiːgoʊ] 名 自尊, 自我

He has a strong **ego**.
他自尊心很強。

似：dignity (n) 尊嚴

---

elaborate [ɪˈlæbreɪt] 形 精心製作的　動 詳細說明

字源：e- (out) + labor (n) 勞力

He made an **elaborate** plan to catch a rat.
他做了一項精心的計畫來抓捕老鼠。

electrician [ɪlɛkˈtrɪʃən] 名 電工, 電器技師

註：electric (a) 電器的

The machine should be handled by an **electrician**.
這台機器應該由電工技師來操作。

elevate [ˈɛləˌvɛt] 動 提起, 升起, 晉升

註：elevator (n) 電梯

He was **elevated** to the managerial position.
他被晉升到了管理階層的職位。

eligible [ˈɛlədʒəbəl] 形 有資格的

You are the most **eligible** person for this position.
你是最有資格坐這個職位的人。

同義字：qualified

高階英語單字 (E2)

eloquent [ˈɛləkwənt]　形　口才流利的

John is **eloquent** and convincing.
John 雄辯且能說服人。

embrace [ɛmˈbreɪs]　動　擁抱

She **embraced** her cat in her arms warmly.
她溫暖地將她的貓咪擁抱入懷。

emigrate [ˈɛməˌgret]　動　移民海外
emigrant [ˈɛməgrənt]　名　移居海外者
emigration [ˌɛməˈgreɪʃən]　名　移民海外

We are **emigrants** from Korea.
我們是來自於韓國的移民者。

註：immigrate 移民進來

emission [ɪˈmɪʃən]　名　散發, 放射, 射出物

註：emit (v) 射散

The **radio emission** from the sun can cause skin cancer. 來自太陽的輻射線可能造成皮膚癌。

encyclopedia [ɪnˌsaɪkləˈpiːdiə]　名　百科全書

Wikipedia is a well-known online **encyclopedia**.
維基百科是知名的線上百科全書。

102

單字遊戲

endeavor [ɪnˈdɛvɚ] 動名 努力, 費心

He is **endeavoring** to be a manager.
他努力要當主管。

同義字：effort

---

endorse [ɛnˈdɔːrs] 動 背後簽名, 背書
endorsement 名 背後簽名, 背書

I need you to **endorse** this check on the back.
我需要你在這張支票後面背書。

---

endow [ɛnˈdaʊ] 動 大筆捐助, 支持
endowment 名 大筆捐助, 支持

The company decided to **endow** money to the school.
這間公司決定捐助資金給學校。

同義字：donate

---

endurance [ˈɛndjʊrɛns] 名 忍耐, 持久度

註：endure (v) 忍耐

I exercise to build up my strength and **endurance**.
我運動來建立我的強度與耐力。

同義字：perseverance

---

enhance [ɛnˈhæns] 動 增強
enhancement 名 增強

I need to **enhance** my skills for a better future.
我需要增強我的技能才有美好的未來。

高階英語單字 (E3)

enlighten 動 啟發　字源：en- (to) + lighten (點燃)
enlightenment 名 啟發

We can **enlighten** the kids with education.
我們可以用教育來啟發孩子。

enrich 動 使富裕, 使豐富　字源：en- (to) + rich
enrichment 名 富裕, 豐富

He **enriched** his life with music.
他用音樂使生活豐富。

enroll 動 登記 (入學等)　字源：en- (in) + roll (捲)
enrollment 名 登記 (入學等)

He **enrolled** to the school last month.
他上個月入學註冊了。

enterprise [ˈɛntəˌpraɪz] 名 企業, 公司
entrepreneur [ˌɑːntrəprəˈnɜː] 名 企業家

An **entrepreneur** needs to dream big.
企業家要有遠大夢想。

enthusiastic [ɛnˌθuːziˈæstɪk] 形 熱情的

註：enthusiasm (n) 熱情

She is **enthusiastic** about her job.
她對工作充滿熱情。

同義字：passionate

104

單字遊戲

entitle 動 給~權力(或資格)　字源：en- (to) + title (頭銜)

He **was entitled to** represent the king.
這位騎士被賦予權力代表國王。

---

entity [ˈɛntəti] 形 實體, 一體
註：entire (a) 完整的, 全部的

The entire team of a company forms a strong **entity**.
整個公司內部的團隊形成一體。

---

envious [ˈɛnviəs] 形 羨慕的
註：envy (v) 羨慕

I **feel envious of** your life.
我羨慕你的生活。

同義字：jealousy 忌妒的

envision 動 盼望, 憧憬　字源：en- (to) + vision (畫面)

She **envisioned** a sweet future with her boyfriend.
她對期盼著自己與男朋友有一個甜美的未來。

---

epidemic [ˌɛpɪˈdɛmɪk] 名形 (地方性)流行病(的)

Covid-19 started as an **epidemic disease** in China.
新冠病毒開始於中國的地方性流行病。

註：pandemic (全球性)流行病

105

高階英語單字 (E4)

episode [ˈɛpɪsoʊd] 名 一齣, 一集

They are shooting a new **episode** for the movie.
他們正在為該部電影拍攝新的一集。

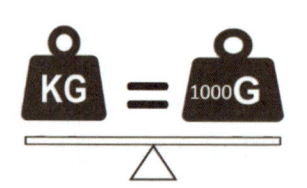

---

equalize [ˈikwə͵laɪz] 動 使~平等
equate [ɪˈkweɪt] 動 畫上等號
equation [ɪˈkweɪʒən] 名 方程式, 等式
equity [ˈɛkwəti] 名 公平性, 資產淨值
equivalent [ɪˈkwɪvələnt] 形 相等的, 相同的

註：equal (a) 相等的

---

erect [ɪˈrɛkt] 動 豎立

They **erected** a statue to honor their leader.
他們豎立了一座雕像來紀念他們的領袖。

---

errand [ˈɛrənd] 名 差事, 差使

I am **running an errand** for my boss.
我正在替老闆出差當中。

---

erupt [ɪˈrʌpt] 動 噴出, 爆發

註：eruption (n) 噴出, 爆發

The volcano is going to **erupt** soon!
這座火山即將爆發。

單字遊戲

escalator [ˈɛskəˌletɚ] 名 電扶梯

We can take an **escalator**.
我們可以搭手扶梯。

escort [ɛˈskɔːrt] 動 名 護送

I'll send a knight to **escort** you home.
我會派一名騎士護送你回家。

essence [ˈɛsəns] 名 本質, 精華, 素材
註：essential (a) 本質的

The true **essence** of humanity is kindness.
人類真實的本質是仁慈。

註：essential oil 精油

estate [əˈsteɪt] 名 地產   real estate 房地產業

She has been in **real estate** for 10 years.
她已經在房地產業待 10 年了。

似：asset 資產

esteem [əˈstiːm] 動 心 尊重, 評價

Abraham Lincoln was an **esteemed** president.
林肯是一位受人尊敬的總統。

同義字：respect

107

高階英語單字 (E5)

eternal [ɪˈtɜːnəl] 形 永恆的
eternity [ɪˈtɜːnəti] 名 永恆

People will die, but their love is **eternal**.
人會死亡，但是人們的愛永恆不朽。

---

ethic [ˈeθɪk] 名 倫理, 道德
ethical [ˈeθɪkəl] 形 倫理的, 道德的

He has a strong work **ethic**.
他有很強的職業道德。

同義字：moral 道德的

---

evacuate [ɪˈvækjuˌet] 動 撤離, 疏散

註：evacuation (n) 撤離, 疏散

The house is on fire. We need to **evacuate**.
這間屋子著火了。我們需要撤離。

---

evergreen 名 長青樹, 萬年青

字源：ever 曾經、永遠的經驗 + green 綠色

An **evergreen** is a plant that retains green leaves through the year. 長青植物泛指長年維持綠葉的植物。

---

evoke [ɪˈvoʊk] 動 喚起, 引起

The scene **evoked** some memories of my childhood.
這個場景喚起了我的一些童年回憶。

似：reminiscent 觸景生情的

單字遊戲

evolve [ɪˈvɑːlv] 動 演化
evolution [ˌɛvəˈluːʃən] 名 演化

Do you believe Darwin's **evolution theory**?
你相信達爾文的演化論嗎？

---

exaggeration [ɪɡˌzædʒəˈreɪʃən] 名 誇張
註：exaggerate (v) 誇張

Her words are always full of **exaggerations**.
她的言語總是充滿誇大。

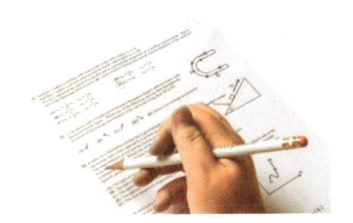

---

examiner [ɪɡˈzæmənɚ] 名 主考官
examinee [ɪɡzæməˈni] 名 受試者
註：exam (n) 考試

All the **examinees** have passed this exam.
所有的受試者都已通過這項考試。

---

excel [ɪkˈsɛl] 動 傑出, 超越
註：excellent (a) 傑出的

She **excelled** at all English tests.
她所有的英文考試都表現傑出。

---

exceptional [ɪkˈsɛpʃənəl] 形 例外的, 特殊的, 傑出的
註：except 除了~以外

He is a child with **exceptional** talents.
他是一個特別有天份的小孩。

高階英語單字 (E6)

excerpt [ˈɛksɚpt] 動 名 摘錄, 擷取

He read out **excerpts** from the Bible.
他讀了一段聖經的摘錄。

exceed [ɛkˈsiːd] 動 超過
excess [ˈɛkˌsɛs] 名 過量 形 過量的
excessive [ɪkˈsɛsɪv] 形 過度的

My workload has **exceeded** my capacity.
我的工作量超出了我能力所及。

exclaim [ɪkˈskleɪm] 動 呼喊, 驚叫

"You can do that," she **exclaimed**.
她大喊：「你做得到的」。

註：claim 聲稱、exclaim 驚叫、proclaim 聲明

exclude [ɪkˈskluːd] 動 排除在外
exclusion [ɪkˈskluːʒən] 名 排斥
exclusive [ɪkˈskluːsɪv] 形 排外的, 獨家的

John is **excluded** from this plan.
John 從這項計畫的名單中被剔除了。

execute [ˈɛkzɪkjut] 動 執行, 處決
execution [ˈɛkzɪkjuʃən] 名 執行, 處決
executive [ɪɡˈzɛkjutɪv] 形 執行的 名 執行長

He will be **executed** tomorrow.
他明天會被處決。

單字遊戲

exempt [ɪgˈzɛmpt] 動 免除, 豁免
註：exemption (n) 豁免

She **is exempted from** all charges.
他被赦免所有的控訴。

exert [ɪgˈzɝːt] 動 用(力), 發揮
註：exertion (n) 用(力), 發揮

You need to **exert** yourself to find a solution.
你需要發揮所能找出辦法。

exile [ˈɛgˌzaɪl] 動名 流放, 流亡
exotic [ɪgˈzɑːtɪk] 形 異國的, 外來的

After losing the war, the king was put into **exile**.
在戰爭失利後，這位國王被流亡放逐。。

expedition [ˌɛkspəˈdɪʃən] 名 遠征隊, 迅速
註：expedite (v) 加速

We are going on a **shopping expedition** this Friday.
這週五我們要進行一趟購物行。

expenditure [ɪkˈspɛndɪtʃɚ] 名 消費, 支出額, 經費
註：expense (n) 花費

This accounts for 60% of **total expenditure**.
這項物品佔了總支出的 60%。

高階英語單字 (E7)

expertise [ˌɛkspɚˈtiːz] 名 專業知識

註：expert (n) 專家

We trust your **expertise**.
我們相信你的專業。

expire [ɪkˈspaɪr] 動 期滿, 吐氣
expiration [ˌɛkspəˈreɪʃən] 名 期滿, 吐氣

Read the **expiration date** before you purchase a product.
購買產品前先看一下到期日。

註：到期日有 expiry date 與 expiration date 兩種表示方法

explicit [ɪkˈsplɪsɪt] 形 詳盡的, 清楚的

註：explain (v) 說明

Please be **explicit** about your idea.
煩請詳細說明你的想法。

exploit [ˈɛkˈsplɔɪt] 動 開採, 開拓
exploration [ˌɛkspləˈreɪʃən] 名 探索

註：explore (v) 探索

Crude oil has been largely **exploited** for decades.
石油已經被大量開採了數十年。

extension [ɪkˈstenʃən] 名 伸長, 擴大, 延期, 分機
extensive [ɪkˈstensɪv] 形 伸長的, 廣闊的

註：extend (v) 延長, 延伸

We need **extensive efforts** to save the Earth.
我們需要更加努力才能拯救地球。

單字遊戲

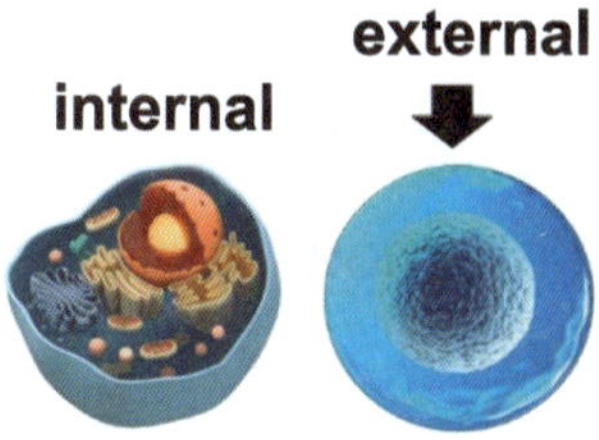

external [ɪkˈstɝːnəl] 形 外部的, 外來的
exterior [ɪkˈstɪriɚ] 名形 室外(的)

The **external structure** of a cell looks like a ball.
細胞的外部結構看起來像一顆球。

extinct [ɪkˈstɪŋkt] 形 絕種的, 滅絕的
註：extinction (n) 滅絕

Scientists are not 100% sure how dinosaurs **go extinct**.
科學家並非 100% 肯定恐龍是如何滅絕的。

extract [ɪkˈstrækt] 動名 萃取, 提煉

Essential oils are **extracted** from different parts of plants.
精油是由植物的不同部位所萃取的。

| 基礎衍生字彙 | ➡ | **extraordinary** 形 獨特的 |
| 基礎衍生字彙 | ➡ | **extracurricular** 形 課外的 |

基礎衍生字彙	➡	**eyelash** 形 眼睫毛 (= lash)
基礎衍生字彙	➡	**eyelid** 形 眼皮
基礎衍生字彙	➡	**eyesight** 形 視力

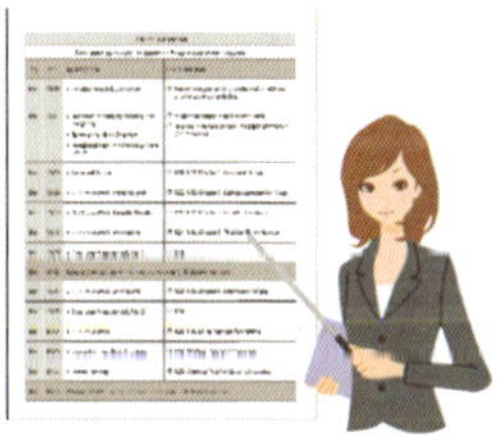

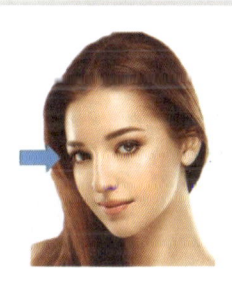

高階英語單字 (F1)

fable [ˈfeɪbəl] 名 寓言

"The fox and the sour grapes" is a famous **fable** by Aesop.
『狐狸與酸葡萄』是一則知名的伊索寓言。

---

fabric [ˈfæbrɪk] 名 布料, 織品

This dress is made of soft **fabric**.
這件洋裝由柔軟的織品所製成。

---

fabulous [ˈfæbjuləs] 形 極好的, 驚人的

You did a **fabulous** job!
你做了一件漂亮的事。

---

facilitate [fəˈsɪləˌtet] 動 輔助, 使~便利
註:facility (n) 設備

Computer can be used to **facilitate** English learning.
電腦可以被用來輔助英語學習。

---

faction [ˈfækʃən] 名 派別, 小集團

Sometimes people form **factions** within the group.
有時候,人們在群體中又形成小派系。

單字遊戲

faculty [ˈfækəlti] 名 教職員, 全體職員, 學院

We have a strong **teaching faculty**.
我們有一群強大的教職員。

Fahrenheit [ˈfɛrənˌhaɪt] 名 華氏
註：Celsius (n) 攝氏

32 degrees **Fahrenheit** is equal to 0 degrees Celsius.
華氏32度等於攝氏0度。

falter [ˈfɔltɚ] 動 遲疑, 結巴, 不穩, 蹣跚步行

He **faltered**, not knowing what to say.
他遲疑了一下，不知道該說什麼。

familiarity [fəˌmɪlˈjɛrəti] 名 熟悉感
字源：family (n) 家人、familiar (a) 熟悉的

I had a feeling of **familiarity** when I saw them.
我看到他們時有一種熟悉感。

fascinate [ˈfæsəˌneɪt] 動 迷住, 吃驚
fascination [ˌfæsəˈneɪʃən] 名 迷住, 吃驚

Wow, I'm **fascinated**.
哇，我好驚訝喔！

高階英語單字 (F2)

fatigue [fəˈtiːg] 名 疲勞

My body feels heavy with **fatigue**.
我的身體因為疲勞而感到沉重。

feasible [ˈfiːzəbəl] 形 可行的

This plan is **feasible**.
這項計畫是可行的。

federal [ˈfɛdərəl] 形 聯邦的

The **federal government** can only enforce federal laws.
聯邦政府只可以執行聯邦法律。

feeble [ˈfiːbəl] 形 虛弱的, 軟弱的

She is too **feeble** to work today.
她今天太虛弱無法工作。

feminine [ˈfɛmənɪn] 形 女性化的, 女人味的

註：female (a) 女性的

She has a masculine mind under her **feminine** look.
她有著女性化的外表，男性化的內心。

116

單字遊戲

fertility [fɚˈtɪləti] 名 肥沃, 繁殖
fertilizer [ˈfɝːtəˌlaɪzɚ] 名 肥料

註：fertile (a) 肥沃的, 有繁殖力的

I only use **organic fertilizers**. 我只使用有機肥料。

fiancé [fɪˈɒnseɪ] 名 未婚夫

He is my **fiancé**.
他是我的未婚夫。

fiber [ˈfaɪbɚ] 名 纖維

Grains and vegetables are rich in **fiber**.
穀物及蔬菜富含纖維質。

filter [ˈfɪltɚ] 動 過濾 名 過濾器

Change the water **filter** at least once a year.
至少每年要更換一次濾心。

fin [ˈfɪn] 名 魚鰭

Sharks can't survive without **fins**.
鯊魚沒有魚鰭無法存活。

高階英語單字 (F3)

finite [ˈfaɪˌnaɪt] 形 有限的

Fossil fuels are **finite** resources that will run out one day.
化石燃料是有限的，有一天會用光。

firecracker [ˈfaɪɚˌkrækɚ] 名 爆竹, 鞭炮
fireproof [ˈfaɪɚˌpruːf] 形 防火的
註：fire (n) 火

Firecrackers can be dangerous.
鞭炮具有危險性。

fiscal [ˈfɪskəl] 形 財政的, 會計的

The government has a new **fiscal** policy for this year.
今年政府有一項新的財務政策。

fishery [ˈfɪʃəri] 名 漁業
註：fish (n) 魚

People on the island rely on **fishery** to survive.
這座島上的人民仰賴漁業為生。

flake [ˈfleɪk] 名 小薄片 動 使成薄片

I had **corn flakes** with milk for breakfast.
我早餐吃了玉米片加牛奶。

118

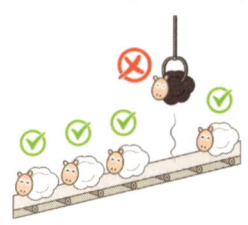

單字遊戲

flaw [ˈflɒ] 名 缺點, 瑕疵

Please remove the **flawed** products.
請將有瑕疵的商品拿掉。

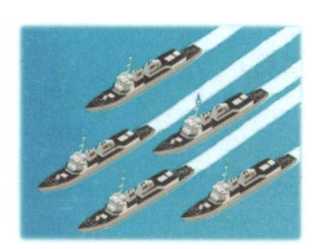

同義字：defect 缺陷

---

fleet [ˈfliːt] 名 艦隊, 機群, 車隊

The Russian **fleet** had been stopped by Ukraine.
俄國艦隊被烏克蘭阻擋住了。

---

flexibility [ˌflɛksəˈbɪləti] 名 可塑性, 彈性

註：flexible (a) 可塑的, 有彈性的

You can improve your **flexibility** by exercising.
你可以藉由運動來增進你的肢體彈性。

---

flip [ˈflɪp] 動 翻面

Can you show me how to **flip** food in a pan?
你可以教我如何翻轉鍋中的食物嗎?

---

flourish [ˈflɜːrɪʃ] 動 茂盛, 興旺

These trees **flourish** without fertilizers or pruning.
這些樹在無肥料或修枝情況下茁壯茂盛。

同義字：prosper 繁榮

119

高階英語單字 (F4)

fluency [ˈfluːənsi] 名 流暢
註：fluent (a) 流暢的

How did you reach **fluency** in English?
你是如何達到你的英語流暢度的？

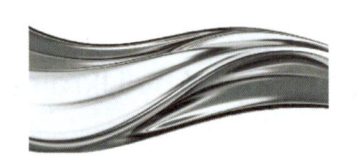

fluid [ˈfluːɪd] 名 流體（流動物質）
註：flow (v) 流動

Mercury is a **fluid substance**.
水銀是流動物質。

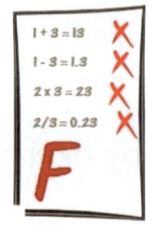

flunk [ˈflʌŋk] 動 搞砸, 不及格

I **flunked** my exam.
我把我的考試給搞砸了。

同義字：fail

---

foe [ˈfoʊ] 名 敵人, 反對者

One **foe** is too many; and a hundred friends too few.
敵人一個太多；朋友一百個太少。

folklore [ˈfoʊklɔːr] 名 民間傳說
註：folk (a) 民俗的

I love **folklore** and fairy tales.
我喜歡民間傳說與童話故事。

單字遊戲

forge [ˈfɔːrdʒ] 動 打鐵, 鍛造, 偽造 名 鍛造場

He is **forging** a new sword for the king.
他正在為國王鍛造一把新劍。

---

format [ˈfɔːrˌmæt] 名 格式 動 格式化
formulate [ˈfɔːrmjʊˌlɛt] 動 規劃, 配製, 使公式
註：form 表格、形式

This is the same form, but in a different **format**.
這是一樣的表格，只是格式不同。

---

formidable [ˌfɔːrˈmɪdəbəl] 形 超棒的, 令人敬佩的

He is a **formidable** opponent.
他是一位令人敬佩的對手。

---

forsake [fɔːrˈseɪk] 動 拋棄

I will never **forsake** my children.
我絕不會拋棄我的小孩。

---

forthcoming [ˌfɔːrθˈkʌmɪŋ] 形 即將到來的
註：forwards (adv) 向前

We are looking forward to the **forthcoming** event.
我們期待這場即將到來的活動。

高階英語單字 (F5)

fortify [ˈfɔːrtəˌfaɪ] 動 增強, 鞏固

註：fort (n) 堡壘

We need to **fortify** this city against attack.
我們需要鞏固這座城市來抵禦攻擊。

---

forum [ˈfɔːrʌm] 名 論壇

Welcome to join the discussions on this **forum**.
歡迎加入此論壇的討論。

---

foster [ˈfɑːstɚ] 動 收養, 養育 形 收養的

Would you consider **fostering** a child?
你會不會考慮領養小孩呢？

---

foul [ˈfaʊl] 動 犯規 形 惡臭的, 犯規的

The player committed a major **foul**.
這位選手犯了一個重大犯規。

---

fowl [ˈfaʊl] 名 禽類, 禽肉

Most people raise **fowl** for food.
大部分的人養禽類來吃。

同義字：poultry

單字遊戲

fracture [ˈfræktʃɚ] 動名 骨折
fraction [ˈfrækʃən] 名 小部分, 小碎片
fragment [ˈfrægmɛnt] 名 碎片

He **fractured** his leg in an accident.
他在一場意外中把自己腿弄骨折了。

fragrant [ˈfreɪgrənt] 形 香的
fragrance [ˈfreɪgrəns] 名 芬芳, 香味

That's a nice **fragrance**.
這香味很棒。

framework [ˈfreɪmˌwɚk] 名 架構, 結構
註：frame (n) 框框

All good stories have a clear **framework**.
所有好的故事都有一個清楚的架構。

franchise [ˈfrænˌtʃaɪz] 名 經銷權

He expanded his business by means of **franchising**.
他透過經銷權的方式來拓展自己的事業。

frantic [ˈfræntɪk] 形 情緒失控的, 發狂的

She's **frantic** with anger.
她氣到情緒失控。

高階英語單字 (F6)

fraud [ˈfrɒd] 名 詐欺

Be aware of **fraud** and scams!
小心詐欺與詐騙。

同義字：scam

freak [ˈfriːk] 名 怪人

This guy is such a **freak**!
這個傢伙真是個怪人！

freeway [ˈfriːˌweɪ] 名 高速公路

Let's take the **freeway**.
我們走高速公路吧。

同義字：highway

freight [ˈfreɪt] 名 貨運, 運費

How much is the **freight**?
這趟運費多少呢？

friction [ˈfrɪkʃən] 名 摩擦, 不和, 爭執

Friction between countries may lead to warfare.
兩國之間的摩擦可能導致戰火。

基礎衍生字彙 ⟹ **frontier** [frənˈtɪr] 名 邊境, 邊疆

124

單字遊戲

fury [ˈfjʊri] 名 火大
fume [ˈfjuːm] 動 冒煙, 發怒

Her disappointment turned into **fury**.
她的失望轉成了怒火。

---

fuse [ˈfjuːz] 動 熔接, 裝引信 名 保險絲

He set the **fuse** to an hour.
他設定炸彈的引爆裝置為一個小時的引爆時間。

---

fuss [ˈfʌs] 名 忙亂, 小題大作, 大驚小怪

Stop **making a fuss**. It's just a broken egg.
不要在大驚小怪了。不過就是一顆雞蛋破掉而已。

高階英語單字 (G1)

galaxy [ˈgæləksi] 名 星系

Our **galaxy** is known as the Milky Way.
我們的星系稱之為銀河系。

gallop [ˈgæləp] 動 名 (馬)奔馳

He saddled his horse and rode away at a **gallop**.
他將馬披上馬鞍然後奔馳離開。

gangster [ˈgæŋstɚ] 名 流氓

註：gang (n) 幫派

This city is full of **gangsters**.
這座城市充滿流氓。

garment [ˈgɑːrmɛnt] 名 服裝, 衣著

She showed up with a traditional Russian **garment**.
她以一身傳統的俄國傳統服裝現身。

同義字：outfit

gasp [ˈgæsp] 動 名 (震驚) 喘氣

He **gasped** in surprise when he saw his girlfriend.
當他看見他的女朋友，他驚訝地喘氣。

基礎衍生字彙 ➡ **gathering** [ˈgæðɚɪŋ] 名 集會, 聚集

126

單字遊戲

gauge [ˈgeɪdʒ] 動 衡量, 估計, 判斷　名 量測儀器

People use thermometers to **gauge** the temperature.
人們使用溫度計來衡量溫度。

gay [ˈgeɪ] 形 同性戀的

Gay marriage is now legal in many countries.
同性戀婚姻現在在許多國家是合法的。

genetic [dʒəˈnɛtɪk] 形 基因的, 天然的, 真實的
genetics [dʒəˈnɛtɪks] 名 基因學, 遺傳學
註：gene 基因

Modern **genetics** focuses on DNA and RNA.
現代的基因學專注於 DNA 與 RNA。

generate [ˈdʒɛnəreɪt] 動 發電機
generator [ˈdʒɛnəretɚ] 名 發電機

Generators come in handy when the power goes out.
發電機在停電的時候很實用。

genre [ˈʒɑnrə] 名 文藝風格, 文體

I love reading books in all **genres**.
我熱愛閱讀任何文體的書。

高階英語單字 (G2)

geographical [ˌdʒiəˈɡræfɪkəl] 形 地理學的, 地理的
註：geography (n) 地理

Geographical isolation makes a culture unique.
地理的屏障產生獨特文化。

geometry [dʒiˈɑːmətri] 名 幾何學

His life is devoted to the study of **geometry**.
他一生都投入了幾何學的研究之中。

glacier [ˈɡleɪʃɚ] 名 冰河

Glaciers are retreating so fast with global warming.
由於全球暖化，冰河正在快速消退。

glamour [ˈɡlæmɚ] 名 魅力
glamorous [ˈɡlæmərəs] 形 魅力四射的, 迷人的
字源：glare (v) 發光

She looks **glamorous**!
她看起來魅力十足！

glare [ˈɡlɛr] 動 名 強光, 怒視
glitter [ˈɡlɪtɚ] 動 名 微光
gleam [ˈɡliːm] 動 名 閃爍, 閃光

A **glare** of headlights appeared in front of my car.
一道頭燈發出的強光出現在我的車子前方。

128

單字遊戲

glide [ˈglaɪd] 動 名 滑翔, 滑行
glider [ˈglaɪdɚ] 名 滑翔機

Flying a **glider** looks exciting.
玩滑翔機看起來很刺激。

gloom [ˈgluːm] 名 陰暗, 憂鬱
gloomy [ˈgluːmi] 形 陰暗的, 憂鬱的

The sky looks **gloomy**. I think a rainstorm is coming.
天空看起來陰暗。我想暴風雨即將到來。

goalkeeper [ˈgoʊlˌkipɚ] 名 守門員
註：goal (n) 目標, 球門

The job of a **goalkeeper** is to keep his goal.
守門員的工作就是顧好球門。

基礎衍生字彙 ➡ **goodwill** 名 善心

gorgeous [ˈgɔːrdʒəs] 形 壯麗的, 女神般的
註：gorge (n) 大峽谷

She looks **gorgeous**!
她看起來像女神一樣！

gorilla [gəˈrɪlə] 名 大猩猩

Gorillas are apes. But monkeys are not.
大猩猩是猿類。但猴子不是。

註：ape 猿類

高階英語單字 (G3)

gospel [ˈgɑːspəl] 名 (基督教) 福音

My church will be preaching the **gospel** tonight.
我的教堂今晚會傳遞福音。

grant [ˈgrænt] 動 同意, 准予 名 獎學金

My boss **granted** me paid leave while I'm sick.
我的老闆批准我支薪病假。

grapefruit [ˈgreɪpˌfruːt] 名 葡萄柚

I don't like **grapefruit**, but its juice is fine.
我不喜歡葡萄柚，但葡萄柚汁可以。

graphic [ˈgræfɪk] 形 圖解的, 詳細清楚的

註：graph (n) 圖表

All information is explained **in graphic detail**.
所有的訊息解說的相當清楚詳細。

gravity [ˈgrævəti] 名 地心吸力

A fallen apple brought Newton to ponder on **gravity**.
一顆蘋果掉落讓牛頓思考地心引力。

單字遊戲

graze [ˈgreɪz] 動 吃草

The cattle are **grazing** in the field.
牛群正在田野吃草。

---

grease [ˈgriːs] 名 油漬, 油膩

註：greasy (a) 油膩的

The kitchen walls are filled with **grease** and filth.
廚房的牆面充滿了油漬與髒污。

---

greed [ˈgriːd] 名 貪心

註：greedy (a) 貪心的

Don't be driven by **greed**.
別被貪念給控制住了。

---

grieve [ˈgriːv] 動 使~悲痛

註：grief (n) 悲痛

同義字：dismay, sorrow

I need time to **grieve** after the death of my dog.
我的狗狗死亡之後，我需要點時間哭一下。

---

grill [ˈgrɪl] 動 名 燒烤

My dad knows how to perfectly **grill** a steak.
我爸爸知道如何燒烤一份完美的牛排。

高階英語單字 (G4)

grim [ˈgrɪm] 形 冷酷的, 無情的, 嚴厲的

She is speechless and her face is **grim**.
她不發一語且表情冷酷。

grip [ˈgrɪp] 動 名 握牢, 掌握

It's important to **keep a firm grip** on cash flow.
掌握好現金的流向是非常重要的。

groan [ˈgroʊn] 動 呻吟, 抱怨
grumble [ˈgrʌmbəl] 動 發牢騷

Stop **grumbling**! I'm sick of it.
別在發牢騷了！我受夠了。

同義字：moan

gross [groʊs] 形 噁心的

Yuck! This is **gross**!
呀！這好噁心啊！

同義字：disgusting

growl [ˈgraʊl] 動 名 咆哮（咕咕聲）

The angry dog is **growling**.
這隻生氣的狗正在咆哮。

基礎衍生字彙 ➡ **guideline** 名 指南, 指標

單字遊戲

gull [gʌl] 名 海鷗 (= seagull)

The **gulls** are circling in the air.
海鷗在空中盤旋。

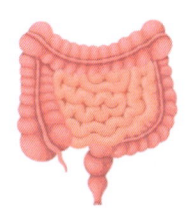

gut [gʌt] 名 腸道, 膽識(+s)

註：intestine (n) 腸子

I bet you don't have the **guts** to ask her out.
我打賭你沒有膽約她出來。

高階英語單字 (H1)

habitat [ˈhæbɪˌtæt] 名 棲息地　　註：inhabit (v) 棲息於

The forest provides a **habitat** for many wild animals.
森林為許多野生動物提供棲息地。

---

hacker [ˈhækɚ] 名 駭客

註：hack (v) 砍劈

A **hacker** hacked into my computer!
有駭客入侵了我的電腦。

---

hail [ˈheɪl] 名 冰雹　動 歡呼

Rain and **hail** bounced on the roof.
雨水與冰雹在屋頂上飛舞。

---

hamper [ˈhæmpɚ] 動 妨礙　名 有蓋的籃子

The camping food is in the **hamper**.
露營的食物在籃子裡。

---

handicap [ˈhændɪˌkæp] 名動 障礙, 殘障

She is unfortunately **handicapped** in a car accident.
她很不幸地在一場車禍中傷殘。

同義字：disable

基礎衍生字彙 → **handcraft** 名 手工藝品, 手藝

單字遊戲

harass [həˈræs] 動 騷擾
harassment 名 騷擾

Sexual harassment is a big problem in this country.
性騷擾是這個國家中很大的問題。

基礎衍生字彙 → **harden** 動 硬化

harmonica [harˈmɑːnɪkə] 名 口琴
註：harmony (n) 和諧

Do you play **harmonica**?
你會吹口風琴嗎？

harness [ˈhɑːrnəs] 名 馬具

Don't judge a horse by its **harness**.
不要從馬具來判斷一批馬（勿以貌取人）。

同義字：saddle 馬鞍(坐墊)

haul [ˈhɒl] 動 拖運, 拉運

They **hauled** the boat onto the beach.
他們拖運著小船到海灘上。

haunt [ˈhɒnt] 動 鬧鬼

This house is **haunted**.
這棟屋子鬧鬼。

135

高階英語單字 (H2)

hazard [ˈhæzɚd] 名 危險, 危害物

註：hazardous (n) 危險的

You are putting your life in **hazard**.
你正把自己的生命置於危險之中。

基礎衍生字彙

headphone	名	頭戴式耳機
healthful	形	健康的
hearty	形	熱心的
heighten	動	增高, 提高

hedge [ˈhedʒ] 名 樹籬

We decided to plant a **hedge** in the garden.
我們決定要在花園種植樹籬。

heir [ˈɛr] 名 繼承人
heritage [ˈhɛrɪtedʒ] 名 遺產, 傳統

What makes a country unique is its **cultural heritage**.
讓一個國家獨特的就是其文化遺產。

同義字：descendant 後代

---

hemisphere [ˈhɛməˌsfɪr] 名 半球

字源：hemi- (half 一半) + sphere 球體

The earth can be divided into two **hemispheres**.
地球可以分割為兩個半球。

單字遊戲

hence [ˈhɛns] 副 因此

轉折語

Money gets stolen. **Hence** you need a security box.
錢會被偷。因此你需要保險箱。

同義字：therefore, thus

herb [ˈɝːb] 名 藥草, 草本植物

Some **herbs** can treat flu and colds.
一些草本植物可以治療流感與感冒。

基礎衍生字彙 → **heroic** [hɪˈroʊɪk] 形 英雄的, 英勇的

heroin [ˈhɛroʊɪn] 名 海洛因

Heroin is a drug that is addictive and dangerous.
海洛因是一個會令人上癮並且危險的毒藥。

hierarchy [ˈhaɪəˌrɑːrki] 名 階層, 階級

註：hierarchical (a) 階級制度的

This chart shows the **hierarchy** of the company.
這張圖顯示出該公司的階級制度。

參照 homosexual → **heterosexual** 形 異性戀的 名 異性戀者

highlight [ˈhaɪˌlaɪt] 動 強光(效果), 標示

註：highlighter (n) 螢光筆

All key points have been **highlighted** here.
所有重點都被標示出來了。

高階英語單字 (H3)

hijack [ˈhaɪˌdʒæk] 動 劫機

Two gunmen **hijacked** a plane this morning.
今天早上兩名槍手挾持了一台飛機。

hoarse [ˈhɔːrs] 形 沙啞的, 嗓聲的

She shouted herself **hoarse**.
她大聲叫把自己弄到沙啞了。

hockey [ˈhɑːki] 名 曲棍球

I used to play **hockey** when I was in high school.
我在中學時曾經玩過曲棍球。

homosexual 形 同性戀的 名 同性戀者
heterosexual 形 異性戀的 名 異性戀者

字源：homo- (一樣) / hetero- (不一樣) + sex 性別

I suddenly realized my roommate is **homosexual**.
我突然間了解到我的室友是同性戀。

honorary [ˈɑːnəˌrɛri] 形 資優的, 名譽的
honorable [ˈɑːnərəbəl] 形 值得敬仰的, 光榮的

註：honor (n) 榮耀

He is an **honorable** person.
他是一位值得敬仰的人。

138

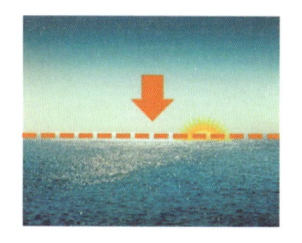

單字遊戲

horizontal [ˌhɔːrəˈzɑːntəl] 形 水平的
註：horizon (n) 水平線

The Sun slowly sank into the **horizontal line**.
太陽緩緩消失於地平線裡。

---

hormone [ˈhɔːrˌmoʊn] 名 荷爾蒙

Hormones can influence an animal's behavior.
荷爾蒙會影響一個動物的行為。

---

hospitalize [ˈhɑːspətəˌlaɪz] 動 住院治療
hospitable [ˈhɑːˈspɪtəbəl] 形 好客的, 宜人的
hospitality [ˌhɑːspəˈtæləti] 名 好客, 餐飲業

Her wife has been **hospitalized** for lung cancer.
他的太太因為肺癌而住院治療。

基礎衍生字彙
字源：早期 hospital 是收容所

---

hostage [ˈhɑːstɪdʒ] 名 人質

The gunman kept a man as a **hostage**.
這名槍手挾持了一個人來當人質。

---

hostel [ˈhɑːstəl] 名 青年旅舍

I'll stay in a **hostel** tonight.
我今晚會待在青年旅舍。

高階英語單字 (H4)

hostile [ˈhɑːstəl] 形 敵方的, 懷敵意的
hostility [haˈstɪləti] 名 敵意

Why are you so **hostile** to me?
你幹嘛對我充滿敵意？

---

hover [ˈhʌvɚ] 動 盤旋, 徘徊

A helicopter is **hovering** in the sky.
一輛直升機正在天空中盤旋。

---

howl [ˈhaʊl] 動名 怒吼, 大叫, 大哭

Why are you **howling** at me?
你幹嘛對著我吼叫？

---

humiliate [hjuːˈmɪliˌɛt] 動 羞辱
註：humiliation (n) 羞辱

I feel **humiliated**.
我感到被羞辱了。

---

hunch [ˈhʌntʃ] 名 第六感

I had a **hunch** that I would see you here.
我有種第六感我會在這裡見到你。

140

單字遊戲

hurdle [ˈhɝːdəl] 名 障礙欄 動 跨欄

You must jump over the **hurdles** and obstacles.
你必須跨越屏障與阻礙。

hybrid [ˈhaɪbrɪd] 名 混種 名 混種的

The **hybrid** child of a lion and a tiger is called liger.
獅子跟老虎的混種小孩叫做獅虎。

hygiene [ˈhaɪˌdʒin] 名 衛生, 衛生習慣

註：hygienic (a) 衛生的

Personal hygiene is very important.
個人衛生很重要。

hypocrite [ˈhɪpɪˌkrɪt] 名 偽善者, 偽君子

You are such a **hypocrite**.
你真是個偽君子。

hypothesis [haɪˈpɑːθəsɪs] 名 假說 註：thesis (n) 理論

註：hypothesize (v) 假說

He made an interesting **hypothesis**.
他做了一個有趣的假說。

141

高階英語單字 (I1)

iceberg [ˈaɪsbɚg] 動 浮冰, 冰山

This problem is only **the tip of the iceberg**.
這個問題還只是冰山一角。

---

icon [ˈaɪkən] 名 形象, 小圖像

He became a **public icon** with the movie.
他因這部電影而成為了形象人物。

似：idol 偶像

---

ideology [ˌaɪdiˈɑːlədʒi] 名 思想, 意識形態

字源：idea (n) 想法

Once an **ideology** is formed, it's difficult to change.
意識形態一旦形成就很難改變。

---

idiot [ˈɪdiət] 名 白癡, 笨蛋

He must be an **idiot**.
他肯定是個白癡。

同義字：stupid 笨的

---

illuminate [ɪˈluːməˌnɛt] 動 照亮, 啟發

註：illumination (n) 照亮

The house is **illuminated** with beautiful lights.
這棟房子以美麗的燈光照亮了起來。

單字遊戲

illusion [ɪˈluːʒən] 名 錯覺, 假象, 幻想

He had an **illusion** that he could save the world.
他有了一個假想，認為自己可以拯救世界。

---

immense [ɪˈmɛns] 形 浩大的, 無限量的

She has **immense power** in the company.
她在公司裡有強大的力量。

同義字：tremendous 極大量的

---

imminent [ˈɪmənənt] 形 (危險)逼近的, 即將發生的

Our life is in an **imminent danger**.
我們的生命處在即將發生的危險之中。

---

immune [ɪˈmjuːn] 形 免疫的, 免於~的

I have a strong **immune system**.
我強健的免疫系統。

Imperial [ɪmˈpɪriəl] 形 帝國的
imperative [ɪmˈpɛrətɪv] 形 極重要的 名 命令

The history of **Imperial** China ends with the Qing Dynasty.
中國帝王制度的歷史結束於清朝。

註：emperor 皇帝

143

高階英語單字 (I2)

implement [ˈɪmpləmənt] 動 履行, 執行, 實施

We might be able to **implement** his idea.
我們可以執行他的點子看看。

implication [ˌɪmpləˈkeɪʃən] 名 暗示, 含意
implicit [ɪmˈplɪsɪt] 形 暗示性的
註：imply (v) 暗示

What he says is **implicit**.
他所說的很有暗示性。

imposing [ɪmˈpoʊzɪŋ] 形 氣勢凌人的
字源：im- (in) + pose 姿態

He is physically **imposing**.
他的體格氣勢凌人。

imprison [ˌɪmˈprɪzən] 動 監禁
註：imprisonment (n) 監禁　字源：im- (in) + prison 監獄

Tim was caught and **imprisoned**.
Tim 被逮到並監禁起來了。

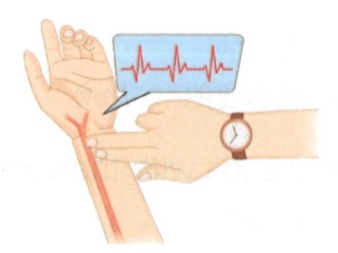

impulse [ˈɪmpʌls] 名 衝動, 動力, 脈衝
註：pulse (n) 脈博

I suddenly have an **impulse** to cheat on the exam.
我突然間有股衝動想要作弊。

144

單字遊戲

incentive [ɪnˈsɛntɪv] 名 刺激、動機、誘因

Give the staff some **incentives** to improve their work.
給員工們一些誘因來提升他們的工作吧。

同義字：lure (n) 誘惑

incline [ˌɪnˈklaɪn] 動 傾斜, 傾向於

I **am inclined to** trust you on this.
這件事情我傾向於相信你。

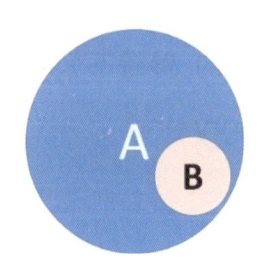

inclusive [ˌɪnˈkluːsɪv] 形 包含的
註：include (v) 包含

These items are **tax-inclusive**.
這些商品是含稅的。

incorporate [ˌɪnˈkɔːrpəˌrɛt] 動 組成公司, 吸收, 納入
註：corporation 公司

We want to **incorporate** top talents into our team.
我們要將頂尖人才吸收進來我們的團隊。

incur [ˌɪnˈkɜː] 動 招致, 遭受　　註：occur (v) 發生

A false step may **incur** a lifelong regret.
錯誤的一步可能招致一生的懊悔。

高階英語單字 (I3)

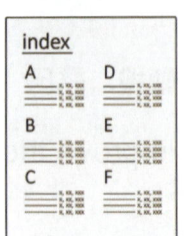

index [ˈɪndɛks] 名 索引, 標誌, 指示

The **index** helps us find the chapter.
索引幫我們尋找章節。

---

indigenous [ɪnˈdɪdʒənəs] 形 名 (混血)原住民的

Indigenous people are very friendly.
原住民很友善。

---

indignant [ˌɪnˈdɪgnənt] 形 憤怒的, 覺得不公平的

What he did made people feel angry and **indignant**.
他所做的事情讓人們生氣且憤慨。

---

induce [ˌɪnˈduːs] 動 導致, 誘導, 歸納出
intrigue [ˌɪnˈtriːg] 動 密謀, 激起好奇心 (註：trig 觸發)

Animals are easily **induced**.
動物容易受到誘導。

---

indulge [ˌɪnˈdʌldʒ] 動 沉溺於, 縱容

I want to **indulge** myself tonight.
今晚我要放縱自己一下。

單字遊戲

industrialize [ˌɪnˈdʌstrɪəˌlaɪz] 動 工業化
註：industrial (a) 工業的

Japan is a highly **industrialized** country.
日本是高度工業化國家。

inevitable [ˌɪˈnɛvɪtəbəl] 形 無法避免的

Everybody ages. It's **inevitable**.
每個人都會老化。這是無法避免的。

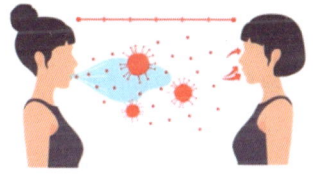

infect [ˌɪnˈfɛkt] 動 傳染, 侵染, 感染
infectious [ˌɪnˈfɛkʃəs] 形 傳染的, 有感染力的

註：contagious 接觸傳染的

Covid-19 **infected** many people worldwide.
新冠病毒感染了世界上許多的人。

---

infer [ˌɪnˈfɝ] 動 推斷, 推論

What can **be inferred from** this message?
從這個訊息上可以推論出什麼嗎？

infinite [ˈɪnfənɪt] 形 無限的
字源：in-(否定) + finite (a) 有限的

The universe seems to be **infinitely** large.
這個宇宙似乎無限大。

147

高階英語單字 (I4)

inflict [ˌɪnˈflɪkt] 動 重創, 加害, 使~遭受

The war has **inflicted** serious injuries on civilians.
這場戰爭已經對平民造成嚴重傷害。

infrastructure [ˌɪnfrəˈstrʌktʃɚ] 名 公共建設

The **infrastructure** has been largely damaged in a war. 公共基礎設施已經在戰爭中大量受損。

inhabit [ˌɪnˈhæbɪt] 動 居住於, 棲息於
inhabitant [ˌɪnˈhæbɪtənt] 名 居民, 棲息動物

Many wild animals choose to **inhabit** the forest.
許多野生動物棲息於森林裡。

註：habitat 棲息地

inherit [ˌɪnˈhɛrɪt] 動 繼承(傳統,遺產等)
inherent [ˌɪnˈhɪrənt] 形 既有的, 與生俱來的

They **inherited** a big fortune from their parents.
他們從父母那邊繼承了大筆財產。

註：heir 繼承人

initiate [ˌɪˈnɪʃɪˌɛt] 動 發起, 創始
initiative [ˌɪˈnɪʃɪɛtɪv] 名 倡議, 新措施

註：initial 初始的、首字簽名

She **initiated** this plan.
她發起了這項計畫。

148

單字遊戲

inject [ɪnˈdʒɛkt] 動 注射
injection [ɪnˈdʒɛkʃən] 名 注射

My dog is scared of **injections**.
我的狗狗很怕打針。

基礎衍生字彙 → **inland** 形 內地的, 內陸的

inning [ˈɪnɪŋ] 名 (棒球) 一局

His team won in the final **inning**.
他的團隊在最後一局贏得勝利。

innovation [ˌɪnəˈveɪʃən] 名 創新
innovative [ˈɪnəˌvetɪv] 形 創新的

註：innovate (v) 創新

People are always looking for **innovative** ideas.
人們總是在尋找創新的點子。

in- (否定)

indifferent 形 漠不關心的
indifference 名 漠不關心
indispensable 形 不可或缺的
injustice 名 非正義

in- (否定)

innumerable 形 數不盡的
invaluable 形 非常貴重的、無價的
invariably 副 不變地, 一律

高階英語單字 (I5)

inquire [ɪnˈkwaɪr] 動 詢問
inquiry [ɪnˈkwaɪri] 名 詢問, 詢價

Please **inquire** for more details if you're interested.
如有興趣請歡迎洽詢更多細節。

insane [ɪnˈseɪn] 副 瘋狂的, 失去理智的

字源：in- (否定) + sense 感知

Are you **insane**?
妳瘋了嗎？

insight [ˈɪnˌsaɪt] 名 洞察力

字源：in + sight (n) 視野

You have a great **insight**!
你有很棒的洞察力。

insistence [ɪnˈsɪstəns] 名 堅持 (想法)

註：insist (v) 堅持

Your **insistence** is necessary.
你的堅持是有必要的。

installation [ˌɪnstəˈleɪʃən] 名 安裝

註：insist (v) 安裝

Do I have to pay extra for **installation**?
我需要額外支付安裝費用嗎？

150

單字遊戲

instinctive [ˌɪnˈstɪŋktɪv] 形 本能的, 直覺性的
註：instinct (n) 本能, 直覺動作

This is their **instinctive behavior**.
這是他們的本能行為。

---

institute [ˈɪnstəˌtuːt] 名 專科學校
institution [ˌɪnstəˈtuːʃən] 名 機構

I study at Massachusetts **Institute of Technology**.
我就讀麻省理工技術學院。

---

intact [ˌɪnˈtækt] 形 完整無缺的, 原封不動的

Most eggs are broken, but one remains **intact**.
大多數的雞蛋都破了，但有一顆是完整的。

---

intake [ˈɪnˌtek] 名 攝取, 攝入

A basic **intake** of water is essential to survival.
水的基本攝取是生存所必須的。

---

integrate [ˈɪntəˌgrɛt] 動 整合
Integration [ˌɪntəˈgreɪʃən] 名 整合
integrity [ɪnˈtɛgrəti] 名 完整性, 正直
註：integral (n) 一體的, 不可或缺的

This job will really test your skill of **integration**.
這份工作會真正測試你的整合能力。

151

高階英語單字 (I6)

intellect [ˈɪntəˌlɛkt] 名 智力, 才智

註：intelligent (a) 智能的

He is a man of action, rather than a man of **intellect**.
他是靠行動的人，而不是靠智力的人。

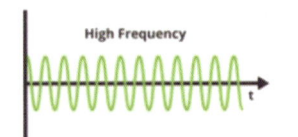

---

intensify [ɪnˈtɛnsəˌfaɪ] 動 加強, 增強

註：intense (a) 密集的

We must **intensify** our training to win this game.
我們必須強化我們的訓練來贏得這場比賽。

---

intent [ˌɪnˈtɛnt] 名 意圖, 目的

註：intend (v) 意圖, 打算

Suddenly, I realized his **intent**.
突然間，我意識到了他的意圖。

---

interference [ˌɪntɚˈfɪrɛns] 名 干涉, 介入

註：interfere (v) 干涉、介入

Your **interference** is unnecessary.
你的干涉是不必要的。

---

intervene [ˌɪntɚˈviːn] 動 介入, 調停
intervention [ˌɪntɚˈvɛntʃən] 名 介入, 調停

I hate to **intervene** in this matter, but I have to.
我討厭干預(調停)這個事件，但是我必須這麼做。

152

單字遊戲

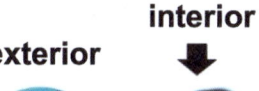

interior [ɪnˈtɪrɪɚ] 形 內部的 名 內部
註：internal (a) 內部的

The **interior** of all eukaryotic cells has a nucleus and the cytoplasm. 所有真核細胞的內部有細胞核與細胞質。

interpretation [ɪnˌtɚprəˈteɪʃən] 名 解讀, 口譯
interpreter [ɪnˈtɜːprətɚ] 名 解說員, 口譯員
註：interpret(v) 解說, 口譯

We will hire an **interpreter** for this meeting.
我們會雇用一名口譯人員來參與這場會議。

intersection [ˌɪntɚˈsɛkʃən] 名 交叉點, 十字路口
字源：inter- (之間) + section 區塊

Take a left turn at the **intersection**.
在十字路口左轉。

interval [ˈɪntɚvəl] 名 間隔

Buses are running at 20-minute **intervals**.
巴士每間隔 20 分鐘一班。

intimacy [ˈɪntɪməsi] 名 親密
註：intimate (a) 親密的

Intimacy is built up over time.
親密感是靠時間建立起來的。

高階英語單字 (I7)

intimidate [ɪnˈtɪmɪˌdɛt] 動 使~膽怯, 威嚇

註：timid (a) 膽小的

I feel **intimidated**.
我感到怯步了。

intonation [ˌɪntəˈneɪʃən] 名 語調, 音調

註：tone (n) 聲調

The **intonation** can affect the meaning of a word.
音調可以影響一個字的涵義。

參照 induce ⟹ **intrigue** 名 密謀, 激起好奇心

intrude [ˌɪnˈtruːd] 動 闖入, 進入
intruder [ˌɪnˈtruːdɚ] 名 入侵者

同義字：invade 入侵

I think there are alien **intruders** on Earth already.
我認為地球上已經有外星入侵者了。

inventory [ˌɪnvənˈtɔːri] 名 庫存, 存貨清單

I need to check our **inventory**.
我需要檢查我們的庫存。

investigator [ˌɪnˈvɛstəˌgetɚ] 名 調查者

註：investigate (v) 調查

The **investigator** is looking into this case.
這位調查者正在了解這個案子。

單字遊戲

irony [ˈaɪrəni] 名 諷刺
ironic [aɪˈrɑːnɪk] 形 諷刺的

It's very **ironic** to say that.
這麼說的是相當諷刺的。

---

irritate [ˈɪrəˌtɛt] 動 激怒, 惹怒
irritable [ˈɪrətəbəl] 形 易怒的, 急躁的

You are **irritating** me!
你正在惹惱我！

isle [ˈaɪl] 名 小島 (=small island)

This small **isle** is uninhabited.
這座小島無人居住。

---

itch [ˈɪtʃ] 動 名 癢
註：itchy (a) 癢的

My skin **itches**!
我的皮膚好癢。

---

ivy [ˈaɪvi] 名 常春藤

All my kids are studying at **Ivy League schools**.
我的孩子都就讀常春聯盟學校。

高階英語單字 (JK1)

jade [ˈdʒeɪd] 名 玉

This **jade** is made for aromatherapy.
這塊玉是為芳療而製作的。

---

janitor [ˈdʒænɪtɚ] 副 管家, 清潔員

We hired a **janitor** to keep our house.
我們雇用了一名管家來看門。

---

jasmine [ˈdʒæzmən] 名 茉莉

Jasmine symbolizes love and beauty.
茉莉象徵愛與美。

---

jingle [ˈdʒɪŋgəl] 名 叮噹聲

"**Jingle** bell, jingle bell, jingle all the way."
「叮叮噹，叮叮噹，滿街鈴鐺聲。」

---

jockey [ˈdʒɑːki] 名 騎師

DJ stands for **disc jockey**.
DJ 代表音樂騎師(disc jockey)。

單字遊戲

jolly [ˈdʒɑli] 形 歡樂的
joyous [ˈdʒɔɪəs] 形 快樂的, 喜悅的

He is a **joyous** person.
他是個開朗喜悅的人。

註：joy (n) 喜悅

journalism [ˈdʒɝːnəˌlɪzəm] 名 新聞業
journalist [ˈdʒɝːnəˌlɪst] 名 新聞記者

字源：journal 紀錄

We report news. We are **journalists**.
我們報導新聞。我們是新聞記者。

jug [ˈdʒʌg] 名 水罐, 甕

Can you bring me the **water jug**?
你可以帶給我那壺水罐嗎？

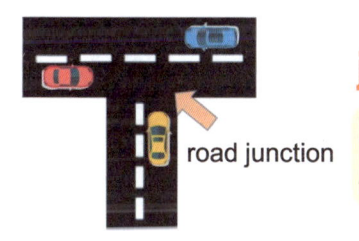

junction [ˈdʒʌŋkʃən] 名 連接, 接合點, 交叉路口

road junction

Slow down when you approach **junctions**.
接近交叉路口請慢行。

jury [ˈdʒʊri] 名 陪審團
judicial [dʒuːˈdɪʃəl] 形 司法的, 法庭的

The **judicial system** is to ensure the rule of law.
司法系統是來確保法治的。

157

高階英語單字 (JK2)

justify [ˈdʒʌstəˌfaɪ] 動 辯護, 證明

字源：just 剛剛好、正義

You can **justify** yourself in the court.
你可以在法庭上替自己辯護。

10-19 years old

juvenile [ˈdʒuːvənəl] 形 名 青少年(的)

Juvenile cases are charged in the juvenile court.
青少年案件在青少年法庭起訴。

同義字：adolescent, teenager

---

kidnap [ˈkɪdˌnæp] 動 綁架

My son was **kidnapped** last night!
我的兒子昨晚被綁架了。

---

kin [ˈkɪn] 名 家族, 同類   be kin to 屬於~家族

He **is kin to** me.
他是我的家族成員。

---

kindle [ˈkɪndəl] 動 點燃, 照亮

A small spark could **kindle** a big fire.
小火花可能促成大火。

158

單字遊戲

knowledgeable [ˈnɑːlədʒəbəl] 形 有知識的

註：knowledge 知識

He is really **knowledgeable**.
他好有知識喔。

高階英語單字 (L1)

lad [ˈlæd] 名 少年

Who's this smart young **lad**?
這位聰明的少年是誰呢？

基礎衍生字彙 ➡ **landlord/landlady** 名 房東　**landslide** 名 山崩

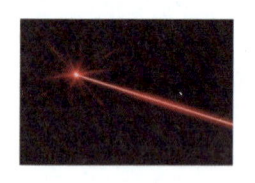

---

laser [ˈleɪzɚ] 名 雷射　註：laser beam 雷射光

Laser beams will soon be used as military weapons.
雷射光束很快就會被使用來當作軍事武器。

參照 eyelash ➡ **lash** [ˈlæʃ] 名 眼睫毛 (=eyelash)

基礎衍生字彙 ➡ **lawsuit** 名 訴訟
lawmaker 名 立法委員

---

latitude [ˈlætəˌtuːd] 名 緯度
longitude [ˈlɑːndʒətuːd] 名 經度

The GPS uses **latitude** and **longitude** to find a place.
GPS 使用緯度與經度來找出一個地方。

latitude　longitude

---

lavish [ˈlævɪʃ] 動 揮霍, 奢華

He is living a **lavish life**.
他過著揮霍的生活。

同義字：luxurious

單字遊戲

layer [ˈleɪɚ] 名 層次, 階層
註：lay (v) 放置

Grass only grows on the **surface layer** of the earth.
草地只長在地球的表層。

layout [ˈleɪˌaʊt] 名 佈局, 格局, 版面設計
layman [ˈleɪmɛn] 名 門外漢, 外行人
註：lay (v) 放置

Don't let the **layman** lead our team.
別讓個門外漢來領導我們的團隊。

league [ˈliːg] 名 同盟, 聯盟

His dream is to play in the **Major League**.
他的夢想是進入大聯盟比賽。

lease [ˈliːs] 名 租約, 租契

I signed a three-year **lease** for this house.
我簽了這棟房子的一個三年租約。

legacy [ˈlɛɡəsɪ] 名 遺產, 遺留物

My parents died and left me a small **legacy**.
我的雙親過世了並且留給我一筆小遺產。

高階英語單字 (L2)

legendary [ˈlɛdʒənˌdɛri] 形 傳說的, 傳奇的

註：legend (n) 傳奇

This is a good **legendary tale**.
這是一則很棒的傳奇故事。

legislation [ˌlɛdʒəsˈleɪʃən] 名 立法
legislative [ˈlɛdʒəsˌlɛtɪv] 形 立法的
legislator [ˈlɛdʒəsˌletə] 名 立法委員
legitimate [ləˈdʒɪtəmət] 形 合法的

Gay marriage is protected under new **legislation**.
同性婚姻在新的立法下受到保護。

基礎衍生字彙 ➔ **lengthy** 形 長的, 冗長的 (註：length 長度)

lesbian [ˈlɛzbiən] 形 女同性戀(的)

I realized I was **lesbian** at the age of 20.
我在 20 歲的時候意識到我是位女同性戀。

基礎衍生字彙 ➔ **lessen** 動 變小, 變少

lest [ˈlɛst] 連 以免, 免得

Don't keep money at home, **lest** it got stolen.
別把錢放在家裡，以免遭竊。

lethal [ˈliːθəl] 形 致命的, 毀滅性的

Such a high level of radiation will **be lethal to life**.
如此大量的輻射是會致命的。

同義字：fatal 致命的

單字遊戲

liable [ˈlaɪəbəl] 形 有責任的, 易於~, 傾向~, 可能~
liability [ˌlaɪəˈbɪləti] 名 責任, 傾向, 義務, 債務

同義字：responsible

You will **be liable for** any damage caused.
任何造成的損傷都由你承擔責任。

liberate [ˈlɪbəˌret] 動 解放, 使~自由
liberation [ˌlɪbəˈreɪʃən] 名 解放, 自由

註：liberty (n) 自由

Liberation only comes after people fight for it.
自由只有在人們為此奮鬥後才能產生。

lieutenant [luˈtɛnənt] 名 中尉

He served as a **lieutenant** in the army.
他在軍隊中擔任一名中尉。

基礎衍生字彙 ⇒ **lifelong** 形 終身的

基礎衍生字彙 ⇒ **lighten** 動 使~明亮, 照亮

基礎衍生字彙 ⇒ **likelihood** 名 可能性 **likewise** 副 同樣地

limp [ˈlɪmp] 動 名 跛行

James broke his leg and walks with a **limp**.
James 摔斷了自己的腿，走路一跛一跛的。

高階英語單字 (L3)

liner [ˈlaɪnɚ] 名 郵輪
字源：ocean liner 用途在於跨越遠程航線（line）。
似：cruise 豪華郵輪

Ocean liners are built to cross open oceans.
遠洋郵輪是造來渡洋用的。

---

linger [ˈlɪŋgɚ] 名 逗留
字源：make things "longer"

He **lingered** in his room and missed breakfast.
他在房間裡滯留並且錯過了早餐。

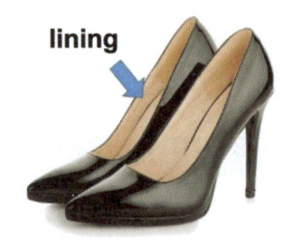

---

lining [ˈlaɪnɪŋ] 名 內襯

The **lining** of my shoe is torn.
我的鞋子的內襯脫落了。

---

1 L = 1000 ml   **liter** [ˈliːtɚ] 量 公升

---

literal [ˈlɪtərəl] 形 如字面上的, 實際的
literate [ˈlɪtəret] 動 陳述, 說明 形 識字的
literacy [ˈlɪtərəsi] 名 識字

More and more people are **literate** in English.
越來越多人看得懂英文。

---

livestock [ˈlaɪvˌstɑːk] 名 家畜
字源：live 活的 + stock 存貨

Swine and poultry are basic **livestock** in this country.
豬與禽是這個國家的基本家畜。

單字遊戲

lizard [ˈlɪzɚd] 名 蜥蜴

Lizards can regenerate their tails.
蜥蜴可以重新生成他們的尾巴。

基礎衍生字彙 ➔ **locker** 名 鎖櫃, 置物櫃

lodge [ˈlɑːdʒ] 名 木屋, 守衛室　註：log (n) 圓木

There is an empty **lodge** where we can take a rest.
哪裡有一間空的木屋，我們可以在此休息一下。

lofty [ˈlɒfti] 形 高聳的

The Great Wall of China was built on **lofty** mountains.
中國的萬里長城建於一座高聳的山上。

logo 名 商標

基礎衍生字彙 ➔	**lonesome**	形 寂寞的, 荒涼的
基礎衍生字彙 ➔	**longevity**	名 長壽, 壽命　註：lengthy 冗長的
參照 latitude ➔	**longitude**	名 經度

loop [ˈluːp] 動 環繞　名 圓環

I feel lost in an endless **loop**.
我感覺迷失在一個永無止境的迴圈裡。

高階英語單字 (L4)

lotion ['loʃən] 名 化妝水

Try to apply some **lotion** to moisturize your skin.
試著擦一些乳液來為皮膚做保濕。

lottery ['lɑːtəri] 名 樂透, 抽籤

註：lot (n) 籤

I won the **lottery**!
我中樂透了！

lotus ['loʊtəs] 名 蓮花

Lotus looks similar with water lily.
蓮花與水百合看起來很像。

基礎衍生字彙 ➔ **loudspeaker** 名 揚聲器, 喇叭

---

lounge ['laʊndʒ] 名 會客廳

I'll meet you in the **lounge**.
我在會客廳與你碰面。

lucrative ['luːkrətɪv] 形 賺錢的, 有利可圖的

This business will be **lucrative**.
這個生意會賺錢的。

同義字：benefit, profitable

單字遊戲

lullaby [ˈlʌləˌbaɪ] 名 搖籃曲

Every night, I will sing my babe a sweet **lullaby**.
每晚,我會唱一首搖籃曲給我的寶寶聽。

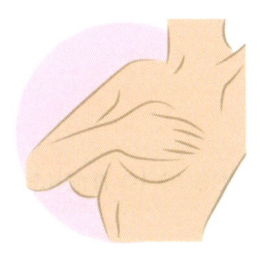

lump [ˈlʌmp] 名 塊, 腫塊

A **lump** formed in her breast.
一塊腫瘤在她的乳房形成了。

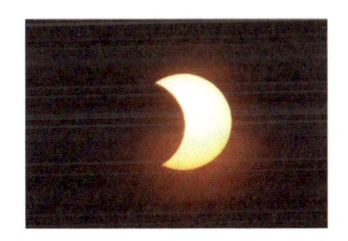

lunar [ˈluːnɚ] 形 月亮的

There will be a **lunar eclipse** tomorrow.
明天會有月蝕。

lure [ˈlʊr] 動 誘惑 名 魅力

We need to **lure** top talent into our office.
我們需要吸引頂尖人才到我們的辦公室來。

lush [ˈlʌʃ] 形 繁茂的, 豐富的

This land is always **lush** and green.
這片土地總是茂盛且青綠。

167

高中 L5+L6 單字 (M1)

madam [ˈmædəm] 名 夫人 (簡：ma'am)
maiden [ˈmædəm] 名 少女

Are you being served, **madam**?
有人服務您了嗎，夫人？

magnify [ˈmægnɪfaɪ] 動 放大
註：magnifier (n) 放大鏡

The media tends to **magnify** an issue to make news.
媒體喜歡放大一件議題來製造新聞。

基礎衍生字彙 → **mainland** 名 大陸
mainstream 名 主流

maintenance [ˈmeɪntənəns] 名 維持, 維修, 保養
註：maintain (v) 保養

Old cars need a lot of **maintenance**.
老車需要大量的保養。

majesty [ˈmædʒəsti] 名 尊貴, 殿下
majestic [məˈdʒɛstɪk] 形 崇高的, 威嚴的

Your **Majesty**, it's an honor to be in your presence.
殿下，能見到您是我的光榮。

168

單字遊戲

mammal [ˈmæməl] 名 哺乳類動物
註：mammoth (n) 長毛象

Mammals thrive after the Ice Age.
哺乳類動物在冰河時期之後大量繁殖。

mandate [ˈmænˌdet] 動 命令 名 指令
註：mandatory (a) 強制執行的

The president gave a clear **mandate** to reduce crime.
總統下了一道明確的命令要降低犯罪。

manifest [ˈmænəˌfɛst] 動 名 顯示 形 明顯的
註：manifesto (n) 宣示

His happiness is **manifest** in his face.
他的開心明顯寫在臉上。

manipulate [məˈnɪpjəˌlet] 動 操作, 操縱

She has been **manipulated** by her boss.
她被老闆所操控。

mansion [ˈmænʃən] 名 大廈, 大樓

I heard a vampire lives in this **mansion**.
聽說有一個吸血鬼住在這間大廈裡。

高中 L5+L6 單字 (M2)

manuscript [ˈmænjəˌskrɪpt] 名 手稿, 打字稿

This **manuscript** has been made into several copies.
這份手稿被製成了好幾個副本。

maple [ˈmeɪpəl] 名 楓樹

Maple trees change colors through the seasons.
楓樹隨著四季改變顏色。

mar [ˈmɑːr] 動 毀損, 玷汙

Listening to gossips will **mar** our relationship.
聽取謠言會玷汙我們的關係。

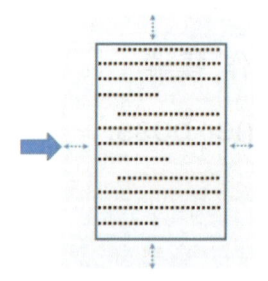

註：stain 汙垢

marginal [ˈmɑːrdʒənəl] 形 邊緣的, 不重要的

註：margin (n) 邊緣, 空白邊

I'm sorry, but the effort you made is only **marginal**.
很抱歉，但是你所做出的努力只能沾一點邊。

marine [məˈriːn] 形 海洋的

註：submarine 潛水艇

Sonar and submarines may disturb **marine life**.
聲納與潛水艇可能干擾海洋生物。

單字遊戲

martial [ˈmɑːrʃəl] 形 武術的, 軍事的

I'm really into **martial arts**.
我對武術很感興趣。

---

marvel [ˈmɑːrvəl] 動 驚奇
註：marvelous (a) 驚訝的, 了不起的

We all **marveled** at her story.
我們全都對她的故事感到驚奇。

---

masculine [ˈmæskjʊlɪn] 形 男性化的, 男子氣概的
註：man (n) 男人 male (a) 男性的

He has ideal **masculine** traits.
他具備理想的男性化特質。

---

massage [məˈsɑːʒ] 動 名 按摩

Can you **massage** my shoulders, please?
可以麻煩你按摩我的肩膀嗎？

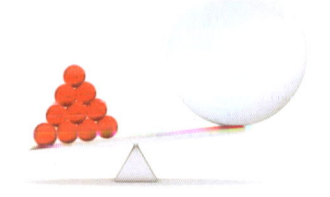

---

massive [ˈmæsɪv] 形 大量的
註：mass (n) 質量

The mass of a black hole is **massive**.
黑洞的質量相當浩大。

高中 L5+L6 單字 (M3)

mastery [ˈmæstəri] 名 精通, 掌握
masterpiece [ˈmæstɚ-pis] 名 傑作, 名作

This painting is a great **masterpiece**.
這幅畫真是名作。

註：master 大師

---

mattress [ˈmætrɪs] 名 床墊

註：mat (n) 墊子

She keeps money under her **mattress**.
她藏錢於床墊下。

meantime [ˈmiːnˌtaɪm] 名 同時, 期間

註：mean (v) 意味

We are waiting for friends. **In the meantime**, we are dating. 我們在等朋友。與此同時，我們在約會。

mechanism [ˈmɛkəˌnɪzəm] 名 機制

註：machine (n) 機器

We have a **safety mechanism** to follow at work.
我們工作上有一個必須遵守的安全機制。

mediate [ˈmiːdiˌet] 動 調停, 解決

字源：middle (a) 中間的

We need you to **mediate** in this dispute.
我們需要你來調停這場紛爭。

註：reconcile, intervene

172

單字遊戲

medication [ˌmɛdəˈkeɪʃən] 名 藥物治療
註：medicine (n) 藥物

If you feel better, you may stop your **medication**.
如果你覺得比較好了，你可以停止用藥。

medieval [mɛˈdi:vəl] 形 中世紀的 (500-1500 年)

Most **medieval stories** are involved with King Arthur.
大部分中世紀的故事都與亞瑟王有關。

meditate [ˈmɛdəˌteɪt] 動 冥想, 打坐
meditation [ˌmɛdəˈteɪʃən] 名 冥想, 打坐

I sat down to **meditate** in order to relax.
我坐下打坐冥想來放鬆。

melancholy [ˈmɛlənˌkɑ:li] 名 憂鬱, 愁思 形 憂愁的

I feel a little sad, lonely and **melancholy**.
我感到有點傷心、孤單、與憂愁。

mentality [mɛnˈtæləti] 名 心理狀態, 思維
註：mental (a) 心理的

He becomes different after he changed his **mentality**.
他改變思維之後人就變得不一樣了。

173

高中 L5+L6 單字 (M4)

mentor [ˈmɛn͵tɔr] 名 導師, 指導者

同義字：adviser

He is both a friend and a good **mentor** to me.
他對我來說既是朋友也是好老師。

---

merchandise [ˈmɝːtʃənˌdaɪz] 名 商品, 貨物

註：merchant (n) 商人

A merchant only cares about his **merchandise**.
商人只在乎自己的商品。

---

merge [ˈmɝːdʒ] 動 合併, 融合
mingle [ˈmɪŋgəl] 動 混合

If you **merge** human and horse, you'll get a centaur.
如果你把人跟馬合起來。你會得到人馬座。

---

mermaid [ˈmɝːˌmeɪd] 名 美人魚

字源：marine 海洋的 + maid 少女

I saw a **mermaid** today! No joking!
我今天看到了一隻美人魚！不是開玩笑的！

---

metaphor [ˈmɛtəfɔːr] 名 隱喻, 象徵

John eats all the time. He's a pig. It's a **metaphor**.
John 整天吃。他是隻豬。這是個隱喻。

單字遊戲

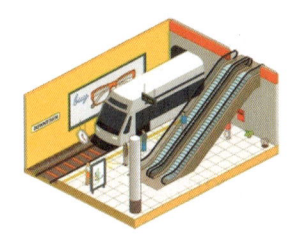

metropolitan [ˌmɛtrəˈpɑlətən] 形 大都市的
註：metro (n) 都市捷運

I enjoy my life in this **metropolitan area**.
我享受我在這個都市區域的生活。

midst [mɪdst] 名 中間
同：middle (n) 中間

We are lost in the **midst** of the city.
我們迷失在這座城市之間。

migrant [ˈmaɪgrənt] 名 移民者, 候鳥
migration [maɪˈgreɪʃən] 名 遷移, 遷徙
註：migrate (v) 遷徙

The war caused a **mass migration** of people.
這場戰爭造成了人們大批的移民。

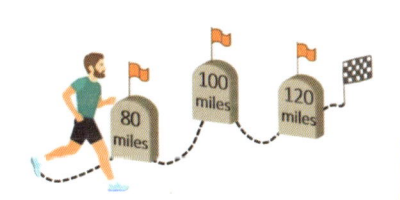

milestone [ˈmaɪlˌstoʊn] 名 里程碑
字源：mile 里程 + stones 石頭

The master degree is a huge **milestone** in my life.
碩士學歷是我的人生一個很大的里程碑。

mimic [ˈmɪmɪk] 動 模仿

My dog likes to **mimic** my actions.
我的狗狗喜歡模仿我的動作。

同義字：imitate

參照 merge ➔ **mingle** [ˈmɪŋgəl] 動 混合

高中 L5+L6 單字 (M5)

minimal [ˈmɪnəməl]　形 最小的
minimize [ˈmɪnəˌmaɪz]　動 減小化
miniature [ˈmɪniəˌtʃʊr]　名 縮樣, 小型物

Try to **minimize** your effort and maximize your time.
試著將努力最小化，並且把時間最大化。

mint [ˈmɪnt]　名 薄荷, 薄荷糖

Would you like some **mint** in your tea?
你的茶要加一點薄荷嗎？

miraculous [məˈrækjələs]　形 奇蹟般的
註：miracle (n) 奇蹟

She was **miraculously** cured!
她奇蹟般地康復了。

miscellaneous [ˌmɪsəˈleɪniəs]　形 五花八門的, 混雜的

This team is formed by a **miscellaneous** group of people. 這個團隊由五花八門的人所組成。

mischievous [ˈmɪstʃɪvəs]　形 惡作劇的, 胡鬧的
註：mischief (n) 胡鬧

My dog is naughty and **mischievous**.
我的狗狗頑皮且胡鬧。

同義字：naughty

單字遊戲

missionary [ˈmɪʃəˌnɛri] 形 傳教的 名 傳教士
字源：mission (n) 任務 + -ary (人)

My dad served as a **missionary** in Asia for 10 years.
我的爸爸在亞洲擔任傳教士長達 10 年。

mistress [ˈmɪstrəs] 名 女主人, 情婦

Elsa knows her husband has a **mistress**.
Elsa 知道她的先生有一位情婦。

moan [ˈmoʊn] 動 名 呻吟, 抱怨, 發牢騷

You **moaned** again! Stop it!
你又在發牢騷了！停止！

同義字：groan

mobilize [ˈmoʊbɪlaɪz] 動 驅動, 動員
註：mobile (a) 移動式的　字源：move (v) 移動

Electric cars are **mobilized** by micro-chips.
電動車由微型晶片所驅動。

mock [ˈmɑːk] 動 嘲弄, 模仿

Stop **mocking** me!
別在嘲弄我了。

177

高中 L5+L6 單字 (M6)

mode [moʊd] 名 模式
字源：model (n) 模型

Please switch your cellphone to **silent mode**.
請將你的手機切換為靜音模式。

modernize [ˈmɑːdɚˌnaɪz] 動 現代化
modernization [ˌmɑːdənəˈzeɪʃən] 名 現代化
字源：modern (a) 現代的

We enjoy the **modernized** world.
我們享受現代化的世界。

modify [ˈmɑːdəˌfaɪ] 動 塑型, 修改
modification 名 塑型, 修改
字源：model (n) 模型

Can this dress be **modified**?
這件洋裝可以修改嗎？

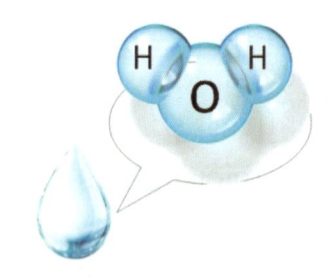

molecule [ˈmɑːləˌkjuːl] 名 分子

Water **molecules** are formed by hydrogen and oxygen.
水分子由氫氧組成。

momentum [moʊˈmɛntʌm] 名 瞬間動力, 推進力
註：moment (n) 瞬間

A vehicle gains its **momentum** with acceleration.
車子因為加速而獲得推進力。

單字遊戲

monarch [monarch] 名 君王 (不分性別)

A **monarch** is either a king or a queen.
君王指的是國王或皇后。

---

monetary [ˈmɑːnəˌtɛri] 形 金融的, 財政的
註：money (n) 金錢

The country tightened its **monetary policy** to avoid inflation. 這個國家緊縮了金融政策來避免通膨。

---

monopoly [məˈnɑːpəli] 名 獨佔, 壟斷
字源：mono- (單一) + poly (很多) = 一個人擁有很多

The company becomes a **monopoly** with its 80% market share. 該公司以其 80%的市占率成為壟斷企業。

---

monotony [məˈnɑːpəli] 名 單調、乏味
字源：mono- (單一) + tone 色調

The **monopoly** of life is making me depressed.
生活的單調讓我快得憂鬱症了。

---

monstrous [ˈmɑːnstrəs] 形 怪獸般的, 巨大的
註：monster (n) 怪物

These creatures look **monstrous**.
這些生物看起來像怪獸一樣。

高中 L5+L6 單字 (M7)

moody [ˈmuːdi] 形 情緒化的

同義字：emotional

She's a **moody** girl and she is in a bad mood.
她是一位情緒化的女孩，而且她現在情緒不好。

morality [məˈræləti] 名 道德, 倫理

註：moral (a) 道德的

Money comes and goes. **Morality** comes and grows.
金錢來了就走。道德來了就會茁壯。

morale [məˈræl] 名 士氣, 鬥志

Our soldiers fight well with their high **morale**.
我們的士兵們以他們的高昂士氣戰鬥的很好。

mortal [ˈmɔːrtəl] 形 會死的, 凡人的, 會朽的
mortality [ˈmɔrˈtæləti] 名 死亡, 壽命

Everything is **mortal**. Only the spirit is immortal.
每件事情都是會朽的。

mortgage [ˈmɔːrgɪdʒ] 名 抵押借款

We can take out a **mortgage** to buy a house.
我們可以申請房貸來購買房子。

基礎衍生字彙 ➡ **motherhood** [ˈmʌðərhʊd] 名 母性, 母親身份

單字遊戲

motive [ˈmoʊtɪv] 形 推動的 名 動機, 緣由
註：motion (n) 移動

What is the **motive** for this crime?
這場犯罪的緣由是什麼？

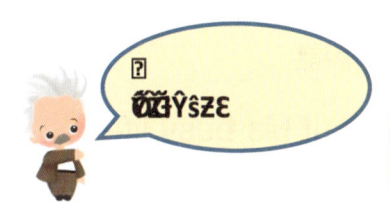

motto [ˈmɑːtoʊ] 名 座右銘, 格言

A genius is made, not born. This is my **motto**.
天才是後天的,而非先天的。這是我的座右銘。

mound [ˈmaʊnd] 名 小丘, 投手丘

The pitcher toed the **mound** before he threw the ball.
投手腳趾墊了一下投手丘，然後將球投了出去。

mount [ˈmaʊnt] 名 山 (+名字) 動 登上, 掛上

Mount Everest was first conquered in 1953.
聖母峰於 1953 年首次被征服。

mourn [ˈmɔːrn] 動 哀痛, 哀悼
mournful [ˈmɔːrnfəl] 形 哀痛的

The mother **mourned** the death of her child.
這位媽媽為她小孩的死亡而哀悼。

181

高中 L5+L6 單字 (M8)

mow [ˈmoʊ] 動 割草

Don't **mow** the grass too short in winter.
冬天草地不要割太短。

mumble [ˈmʌmbəl] 副 (嘀咕)說話

He **mumbled** something about his busy life.
他嘀咕抱怨著自己的忙碌生活。

同義字：murmur, nag

---

municipal [mjuːˈnɪsəpəl] 形 市的, 市政的

The mayor is planning to build a **municipal library**.
市長計畫要建造一個市立圖書館。

muscular [ˈmʌskjʊlɚ] 形 肌肉的, 健壯的

註：muscle (n) 肌肉

This guy is **muscular**.
這傢伙滿身肌肉。

muse [ˈmjuːz] 動名 沈思, 冥想

註：the Muses 是希臘神話中的「謬思女神」

She began to **muse** on topics for her novels.
她開始在一些主題上冥想冥想來創作她的小說。

182

單字遊戲

mustache [ˈmʌˌstæʃ] 名 小鬍子

He looks handsome with his beard and **mustache**.
他帶著絡腮鬍與小鬍子看起來挺英俊的。

mustard [ˈmʌstə-d] 名 法式芥末醬

Can I have a hot dog with **mustard** and ketchup?
我可以點一份熱狗，上面淋上法式芥末與番茄醬嗎？

mute [ˈmjuːt] 形 無聲的 動 消音

Suddenly, Joe is **mute**. He can only nod.
突然間，Joe 無聲了。他只能點頭。

myth [ˈmɪθ] 名 迷思, 神話
註：mythology (n) 神話學

This story is a pure **myth**.
這個故事完全是個神話。

高階英語單字 (N1)

nag [ˈnæg] 動 嘮叨

What are you **nagging about**?
你在嘮叨些什麼？

同義字：murmur, mumble

---

naïve [ˌnɑːˈiːv] 形 天真的, 幼稚的

Don't be **too naïve**!
別太過天真！

---

narrate [ˈnɛˌret] 動 講故事, 敘述
narrator [ˈnɛretɚ] 名 解說員, 敘述者
narrative [ˈnɛretɪv] 形 敘事的 名 敘述文

補充：narration (n) 敘述

A good **narrator** is as important as the story itself.
一個好的故事敘述者就如同故事本身同等重要。

---

nasty [ˈnæstɪ] 形 汙穢的, 難處理的

Where is this **nasty smell** coming from?
這汙穢的臭味是從哪來的？

基礎衍生字彙 ➡ **nationalism** 名 國家主義

---

navigate [ˈnævəˌget] 動 導航
navigation [ˌnævəˈgeɪʃən] 名 導航

Google Maps is such a great **navigation** app.
Google 地圖是一個很棒的導航應用程式。

基礎衍生字彙 ➡ **nearsighted** 形 近視的

單字遊戲

negotiation [nɪˌgouʃɪˈeɪʃən] 名 談判, 協商
註：negotiate (v) 談判, 協商

A good **negotiation skill** helps you close a deal.
好的協商技巧可以幫助你達成交易。

neutral [ˈnuːtrəl] 名 中立的

Whatever you say, I **stay neutral**.
不管你怎麼說，我維持中立態度。

nickel [ˈnɪkəl] 名 鎳、鎳幣

A **nickel** is worth five cents.
一個鎳幣價值五分錢。

nominate [ˈnɑːməˌneɪt] 動 提名, 任命
nomination [ˌnɑːməˈneɪʃən] 名 提名, 任命
nominator [ˈnɑːməˌneɪtə] 名 提名人
nominee [ˌnɑːməˈniː] 名 被提名人

We have two people **nominated** so far.
我們目前有兩位被提名人選。

基礎衍生字彙 ➡ **nonprofit** 形 非營利組織

norm [ˈnɔːrm] 名 規範, 準則
註：normal 正常的

We follow **social norms**. It's normal.
我們遵守社會規範。這是正常的。

高階英語單字 (N2)

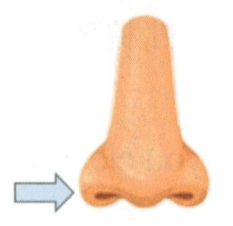

nostril [ˈnɑːstrəl] 名 鼻孔　註：nose (n) 鼻子

When we breathe, we only use one **nostril**.
當我們呼吸時，我們只使用一個鼻孔。

notion [ˈnoʊʃən] 名 概念, 觀念
notable [ˈnoʊʃən] 形 明顯的, 值得注意的
註：note (n) 筆記本 (v) 注意

You made a **notable mistake**.
你犯了一個重大的錯誤。

noticeable 形 可以注意到的, 顯著的
notify [ˈnoʊtɪfaɪ] 動 通知, 公佈
註：notice (v) 注意

She **notified** the police about the accident.
她通知了警方這起意外。

notorious [noʊˈtɔːriəs] 形 惡名昭彰的

My cat is **notorious** for her naughty behaviors.
我家貓咪的頑皮行為真是惡名昭彰。

nourish [ˈnɜːrɪʃ] 動 滋養
nourishment 名 滋養
註：nurse (n) 看護 (v) 照料

The land has been **nourished** with heavy rain.
大地已經受到大雨滋養。

單字遊戲

novice [ˈnɑːvɪs] 名 新手, 初學者
註：novel (n) 小說 (a) 新的

He is a complete **novice** in this company.
他在這間公司裡完全是一個新手。

nucleus [ˈnuːkliəs] 名 細胞核, 核心, 核子
註：nuclear (a) 核子的

DNA is stored in the **nucleus** of a cell.
DNA 儲存在細胞的核心裡。

nude [ˈnuːd] 形 裸體的
註：nudity (n) 裸體

Someone is sitting there **in the nude**.
有個人裸體坐在那邊。

同義字：naked

nurture [ˈnɝːtʃɚ] 動 養育
註：nurse (n) 看護 (v) 照料

Schools should **nurture** a child's intellect.
學校應當培育孩子的思維能力。

nutrient [ˈnuːtriənt] 名 營養素, 營養份
nutrition [nuːˈtrɪʃən] 名 營養

You need more essential **nutrients** in your diet.
你的飲食中需要更多基本的營養素。

187

高階英語單字 (O1)

oasis [oʊˈeɪsɪs] 名 (沙漠中) 綠洲

This place is like the **oasis** in the desert.
這個地方就像是沙漠中的綠洲。

oat [ˈoʊt] 名 燕麥
oatmeal 名 燕麥粥

Oatmeal is great for breakfast.
燕麥粥是很棒的早餐。

oath [oʊθ] 動 名 宣誓, 誓言

I made my promise and take my **oath** seriously.
我做出保證，並且認真看待我的誓言。

同義字：vow

oblige [əˈblaɪdʒ] 動 使~有責任
obligation [ˌɑːbləˈɡeɪʃən] 名 (道德) 責任

Parents have legal **obligations** to their children.
父母對他們的小孩有法律上的責任。

同義字：liability, responsibility

obscure [əbˈskjʊr] 形 模糊的, 無人知道的

The roots of humanity remain **obscure**.
人類的根源至今仍然不明。

單字遊戲

observer [əbˈzɝːvɚ] 名 觀察員
註：observe (v) 觀察

You are a good **observer**.
你是一位好的觀察者。

---

obsess [əbˈsɛs] 動 著迷, 入迷

Don't **be** too **obsessed with** games.
不要過度著迷於遊戲。

同義字：addicted

---

obstinate [ˈɑːbstɪnət] 形 頑固的

He is stubborn, **obstinate** and perfectly selfish.
他這個人固執、頑強、且全然自私。

同義字：stubborn

---

occurrence [əˈkɝːrəns] 名 發生, (事件)冒出來, 情形
註：occur (v) 發生

This Incident is not a rare **occurrence**.
這個事故不是罕見情形。

---

octopus [ˈɑːktəˌpʊs] 名 章魚

An **octopus** has 9 brains, 3 hearts and 8 tentacles.
章魚有 9 個腦袋、3 個心臟及 8 隻觸手。

高階英語單字 (O2)

1, 3, 5

odds [ˈɑːdz] 名 奇數, 怪事, 可能性
註：odd (a) 奇怪的, 奇數的

He fulfilled his dream **against all odds**.
他排除萬難實現夢想。

---

odor [ˈoʊdɚ] 名 (強烈的)氣味

Where's the **odor** from?
這怪味從哪來的？

註：stink (v) 發臭

---

offering [ˈɒfərɪŋ] 名 提供, 供物
註：offer (v) 提供

Thank you for **offering** help but I can't take it.
感謝你提供幫助，但是我不能收。

---

offshore [ˈɒfˈʃɔːr] 形 離岸的 副 離岸

We watched them sail to an **offshore island**.
我們看著他們航向離島。

---

offspring [ˈɒfˌsprɪŋ] 名 子孫, 後代

His **offspring** are diligent and intelligent.
他的後代既勤奮又聰明。

單字遊戲

olive [ˈɑːləv]　形 橄欖的　名 橄欖

Olive oil is healthy and delicious.
橄欖油健康又美味。

---

operative [ˈɑːpərətɪv]　形 操作的, 手術的
operational [ˌɑːpəˈreɪʃənəl]　形 操作上的, 經營上的
註：operate (v) 經營, 操作

We are facing some **operational challenges**.
我們正面臨一些經營上的挑戰。

註：operator (n) 接線員

---

opposition [ˌɑːpəˈzɪʃən]　名 反對
opponent [əˈpoʊnənt]　名 對手, 反對者
註：oppose (v) 反對、opposite (a) 相反的

Never let your **opponent** know your next move.
別讓對手知道你的下一步行動。

---

oppress [əˈprɛs]　動 壓迫, 壓制
oppression [əˈprɛʃən]　名 壓迫, 壓制
註：op- (to 去) + press (v) 壓下

For some reason, Tom has been **oppressed** at work.
不知道為什麼，Tom 在工作上一直受到壓制。

---

opt [ˈɑːpt]　動 選擇
optional　形 選擇性的, 可有可無的
註：option (n) 選擇

Here are some choices you can **opt for**.
這裡有些選選項供你選擇。

高階英語單字 (O3)

optimism [ˈɑːptəˌmɪzəm] 名 樂觀, 樂觀主義

註：optimistic (a) 樂觀的　　字源：opt- (光線、選擇)

I feel enormous **optimism** for the future.
我對未來感到相當樂觀。

---

orchard [ˈɔːrtʃəd] 名 果樹園, 果樹林

We have an **orchard** in our backyard.
我們後院有一片果園。

---

ordeal [ɔːrˈdiːl] 名 嚴峻考驗, 折磨

Everyone needs to overcome the **ordeal** of their life.
每個人都需要克服生活中的嚴峻考驗。

基礎衍生字彙 ➔ **orderly** 副 整齊地 (含意：有順序 order)

---

organism [ˈɔːrɡəˌnɪzəm] 名 生物, 有機體
organizer [ˈɔːrɡəˌnaɪzə] 名 組織者, 安排者

註：organ (n) 器官, 組織; organize (v) 組織

A company will grow or die, just like a living **organism**.
一間公司會成長或衰亡，就像是一個活著的生物體。

---

orient [ˌɔːriˈɛnt] 動 引導, 提供方向
oriental [ˌɔːriˈɛntəl] 形 名 東方人(的)

He took out the map, trying to **orient** himself.
他拿出了地圖，試著自我引導方位。

單字遊戲

originate [əˈrɪdʒəneɪt] 動 發源, 源自於
originality [əˌrɪdʒəˈnæləti] 名 原創性
註：origin (n) 源頭

Human beings might **originate** in Africa 200,000 years ago. 人類可能是 20 萬年前發源於非洲。

ornament [ˈɔːrnəmənt] 名 裝飾品, 裝飾

She put the **ornaments** onto the Christmas tree.
她把裝飾品放到了聖誕樹上。

同義字：decoration

orphanage [ˈɔːrfənədʒ] 名 孤兒院, 孤兒身分
註：orphan (n) 孤兒

After his parents died, he was sent to an **orphanage**.
在父母雙亡後，他被送到了一間孤兒院。

orthodox [ˈɔːrθəˌdɑːks] 形 正統的, 傳統的(宗教等)

My father works for the **Orthodox Church**.
我的爸爸在東正教工作。

1 oz. = 28g

ounce [ˈaʊns] 名 盎司

One **ounce** is about 28 grams.
一盎司大約 28 公克。

高階英語單字 (O4)

outfit [ˈaʊtˌfɪt] 名 特殊服裝, 全套服裝
字源：out 外部 + fit 合身 (指外衣)

She showed up in traditional Russian **outfit**.
她以一身俄羅斯服裝現身。

同義字：garment

---

outlet [ˈaʊˌtlɛt] 名 出口, 插座, 零售店
字源：out 出來 + let 讓 (讓電力出來)

There are not enough **outlets** in this room.
這間房間沒有足夠的插座。

同義字：socket 插座

---

outrage [ˈaʊˌtrɛdʒ] 動 發怒 名 怒氣
outrageous [aʊˈtreɪdʒəs] 形 激動的, 令人吃驚的
字源：out 沖出 + rage (n) 怒氣

This is **outrageous**. I can't stand it.
這太令人生氣了。我無法忍受！

---

outskirts [ˈaʊtˌskɜ˙ts] 名 市郊, 郊區
字源：out 外面 + skirts 裙子(指邊緣)

We live on the **outskirts** of London.
我們住在倫敦郊區。

---

oyster [ˈɔɪstɚ] 名 牡蠣

I love **oysters**. They taste so good!
我喜歡牡蠣，它們味道很棒。

單字遊戲

ozone [ˈoˌzoʊn] 名 臭氧

The **ozone layer** helps reduce radiation from the Sun.
臭氧層幫助降低來自太陽的輻射。

註：out- (出來、外部、強調)

outbreak	名 爆發, 暴動
outgoing	形 外向的
outing	名 遠足
outlaw	名 逃犯　動 禁止, 取締
outlook	名 前景, 展望, 觀點
outnumber	動 數量超過

註：out- (出來、外部、強調)

output	名 輸出, 產量
outright	副 立刻的　副 全面
outset	名 最初, 開端
outsider	名 局外人
outward(s)	副 向外

註：over- (越過、超出)

overall	形 大致上的, 整體上的
overhead	動 在頭頂上
oversee	動 監督, 俯瞰
overtake	動 追上, 趕上
overturn	動 使翻轉, 推翻
overwhelm	動 壓倒

註：over- (越過、超出)

overdo	動 多做, 做過量
overflow	動 名 溢出
overhear	動 無意中聽到
overlap	動 重疊
overwork	動 名 工作過度

高階英語單字 (P1)

packet [ˈpækɪt] 名 一小包
字源：pack 包裝 + -et (小的)

I received a **packet** of biscuits from my friend.
我收到了朋友寄來的一包餅乾。

paddle [ˈpædəl] 動 划船 名 船槳, 桌球拍

Let's go for a **paddle** this weekend.
我們這個週末去划船吧。

基礎衍生字彙 → **paperback** 名 平裝本

paradox [ˈpɛrəˌdɑːks] 名 (有道理的) 矛盾語

If we both surrender, we both win. It's a **paradox**.
如果我們都投降，我們都是贏家。這是句有道理的矛盾語。

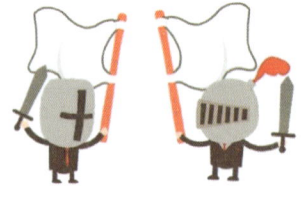

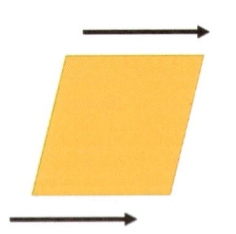

似義字：contradiction

parallel [ˈpɛrəˌlɛl] 動 平行, 匹敵 形 平行的

The road runs **parallel with** the railway.
這條路與鐵軌平行。

paralyze [ˈpɛrəˌlaɪz] 動 使麻痺, 使癱瘓

He is **paralyzed** in both legs.
他雙腳癱瘓。

單字遊戲

parliament [ˈpɑːrləmɛnt] 名 議會, 國會

There are two houses in the **British Parliament**.
英國國會有兩個議院。

partly [ˈpɑːrtli] 副 部分地
particle [ˈpɑːrtɪkəl] 名 微粒, 顆粒
participant [parˈtɪsəpɛnt] 名 關係者, 參與者

All **participants** made important contributions.
所有的參與者都做出了重要的貢獻。

passionate [ˈpæʃənet] 形 熱情的

註：passion (n) 熱情

I'm **passionate** about my job.
我對於我的工作充滿熱情。

基礎衍生字彙 ➡ **pastime** 名 消遣, 娛樂

pastry [ˈpeɪstri] 名 酥皮點心, 糕點

The **pastry** looks yummy.
這糕點看起來好可口。

patch [ˈpætʃ] 動 修補 名 補片

My mom **patched** my pants.
我的媽媽幫我修補了褲子。

197

高階英語單字 (P2)

patent [ˈpætənt] 名 專利權

I'm applying for a **patent** on my product.
我正在為我的產品申請專利。

---

pathetic [pəˈθɛtɪk] 形 可憐的, 可悲的

My life is only work and sleep. Isn't that **pathetic**?
我的生活只是工作跟睡覺。是不是很可悲呢？

---

patriot [ˈpeɪtrɪət] 名 愛國者
patriotic [ˌpɛtriˈɑːtɪk] 形 愛國的

People in Ukraine appear to be **patriotic** in this war.
在此戰爭中烏克蘭人民相當愛國。

---

patrol [pəˈtroʊl] 動 名 巡邏

The policeman is sent to **patrol** this area.
這名警察被派至該區域巡邏。

---

patron [ˈpeɪtrən] 名 贊助者, 老顧客

Tom has been a **patron** of this store for many years.
Tom 幾年來都一直是這間商店的老顧客。

單字遊戲

peacock [ˈpiːˌkɑːk] 名 孔雀, 愛炫耀的人

He is as proud as a **peacock**.
他驕傲的像一隻孔雀。

peasant [ˈpɛzənt] 名 農夫、佃農

We are a group of happy **peasants**.
我們是一群開心的佃農。

pebble [ˈpɛbəl] 名 小卵石

You think you're the only **pebble** on the beach?
你認為沙灘上只有你一顆小卵石嗎？(意旨：別自以為是)

pedal [ˈpɛdəl] 名 踏板 動 踩踏板

My bike has a broken **pedal**.
我的腳踏車有一個踏板壞了。

pedestrian [pəˈdɛstrɪən] 名 行人 形 行人的

Drive slowly and watch out for **pedestrians**.
小心行人減速慢行。

高階英語單字 (P3)

peek [ˈpiːk] 動名 偷看

This guy keeps **peeking at** my answers.
這個傢伙一直偷看我的答案。

同義字：peep

---

pending [ˈpɛndɪŋ] 形 懸而未決的

My application to the scholarship is still **pending**.
我的獎學金的申請還沒有下文。

---

penetrate [ˈpɛnəˌtret] 動 穿透, 識破, 滲透

Bullets can **penetrate** armors.
子彈可以穿透盔甲。

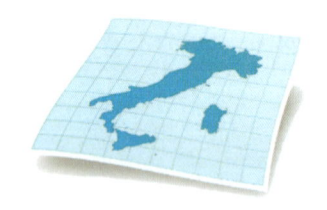

---

peninsula [pəˈnɪnsələ] 名 半島

Italy is a **peninsula**.
義大利是一塊半島。

---

pension [ˈpɛnʃən] 名 退休金

We are retired and we live on **pensions**.
我們退休了並且靠退休金過活。

200

單字遊戲

perceive [pɚˈsiːv] 動 察覺, 感知
perception [pɚˈsɛpʃən] 名 察覺, 感知

同義字：cognition

There are things that cannot be **perceived** by the naked eyes. 有些東西無法透過眼睛感知。

perch [ˈpɝːtʃ] 動 棲息 名 棲息處

Birds like to **perch on** the wires.
鳥兒喜歡在棲息於電纜線上。

基礎衍生字彙 → **performer** 名 表演者

peril [ˈpɛrɪl] 動 危及 名 危險
perish [ˈpɛrɪʃ] 動 枯萎, 消滅

Everything on Earth will **perish** one day.
地球上的所有東西有一天都會枯竭殆盡。

permissible [pɚˈmɪsəbəl] 形 可允許的

註：permit (v) 許可、permission (n) 許可

We only do things that are **permissible** here.
我們只做在這裡可以允許做的事。

註：permit 允許、許可證

persevere [ˌpɝːsəˈvɪr] 動 勤奮不懈, 忍耐

We should **persevere** to the end.
我們應該堅持不懈直到最後。

註：endure 忍受

高階英語單字 (P4)

persist [pɚˈsɪst] 動 堅持 (持之以恆)
persistent [pɚˈsɪstənt] 形 堅持的
persistence [pɚˈsɪstəns] 名 堅持

I will **persist** until I succeed.
我會持之以恆，直到成功。

同義字：insist 堅持 (想法)

---

personnel [ˌpɝsəˈnɛl] 名 員工, 人事部門

If you want to work here, I can talk to our **personnel**.
如果你想要在這裡工作，我可以跟我們的人事部門談談。

---

perspective [pɚˈspɛktɪv] 名 看法, 感受, 遠景

We always hold different **perspectives**.
我們總是有不同的看法。

註：asepect 觀點

---

pessimism [ˈpɛsəˌmɪzəm] 名 悲觀主義

Pessimism leads to failure.
悲觀主義造就失敗。

---

petition [pəˈtɪʃən] 動 請願 名 請願書

We filed a **petition** to ask for help.
我們發了一封請願書來要求幫忙。

單字遊戲

petrol [ˈpɛˌtrɒl] 名 石油
petroleum [pəˈtroʊlɪəm] 名 石油

Prices on **petroleum** surged due to warfare.
戰事導致石油價格飆漲。

petty [ˈpɛti] 形 小的, 瑣碎的

Don't spend time on these **petty little things**.
別花時間在這些瑣碎的小事情上。

pharmacy [ˈfɑːrməsi] 名 藥局 (=drugstore)
pharmacist [ˈfɑːrməsɪst] 名 藥劑師

There is a **pharmacy** by the convenience store.
便利商店旁邊有一間藥局。

phase [ˈfeɪz] 名 階段, 月象

Life and death are just different **phases** in a life cycle.
生死只是不同階段的生命循環而已。

基礎衍生字彙 ➡ **photographic** 形 攝影的

pianist [piˈænɪst] 名 鋼琴家
註：piano (n) 鋼琴

The **pianist** performed his favorite melody.
這位鋼琴家演奏了一段他最愛的旋律。

203

高階英語單字 (P5)

pickup 名 接送, 搭載
pickpocket 名 扒手

I'll meet you at the **pickup** point.
我會到接送地點與你碰面。

---

pier [ˈpɪr] 名 碼頭 (長堤)

Look! A seal is resting on the **pier**.
看吶！一隻海豹在堤岸休息。

---

pilgrim [ˈpɪlgrɪm] 名 朝聖者, 香客

Life of the **pilgrims** was never easy.
朝聖者的生活從來不曾簡單過。

---

pillar [ˈpɪlɚ] 名 柱子, 棟樑

Something is hiding behind the **pillar**.
柱子後面躲了個什麼東西的。

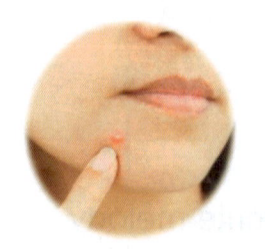

---

pimple [ˈpɪmpəl] 名 青春痘

There is a **pimple** on my face.
我的臉上有一顆青春痘。

單字遊戲

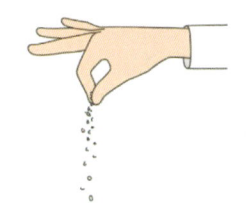

pinch [ˈpɪntʃ] 名 一小撮

He added a small pinch of salt into his soup.
他在湯裡加入了一小撮鹽巴。

pipeline [ˈpaɪpˌlaɪn] 名 (工程)管線

The water pipelines are usually built underground.
水利工程的管線通常埋藏在地底下。

pirate [ˈpaɪrət] 名 海盜 動 掠奪

Some pirates attempted to board our ship.
一些海盜試圖要上我們的船。

pitcher [ˈpɪtʃɚ] 名 投手, 大水罐
註：pitch 投球

The pitcher is ready to pitch.
投手準備好要投球了。

基礎衍生字彙 ⇒ **placement** 名 放置

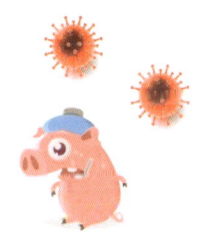

plague [ˈpleɪg] 名 瘟疫, 天災

African swine fever is a plague on pigs.
非洲豬瘟是一種發生在豬身上的瘟疫。

基礎衍生字彙 ⇒ **plantation** 名 種植, 造林, 園地

高階英語單字 (P6)

playwright [ˈpleɪˌraɪt] 名 劇作家

註：play (n) 戲劇

She works as a **playwright**. 她是一位劇作家。

---

plea [ˈpliː] 名 辯護, 懇求
plead [ˈpliːd] 動 辯護, 懇求

註：please (adv) 請求　　註：plead guilty 請求罪行, 認罪

"Don't tell anyone," she **pleaded**. 她懇求著：「別告訴人」

The defendant decided to **plead guilty**. 被告決定要認罪。

---

pledge [ˈplɛdʒ] 名 動 保證, 誓言

We **pledged allegiance** to the flag.
我們對著國旗宣誓忠誠。

---

plow [ˈplaʊ] 動 犁田, 開路　名 犁

Farmers use tractors to **plow** their fields nowadays.
現在的農夫們使用拖拉機來犁田。

---

plunge [ˈplʌndʒ] 動 名 跳入, 猛跌

The stock market **plunged** today.
今天股市暴跌。

單字遊戲

plural [ˈplurəl] 形 複數的

English nouns have singular and **plural** forms.
英文名詞有分單數與複數型。

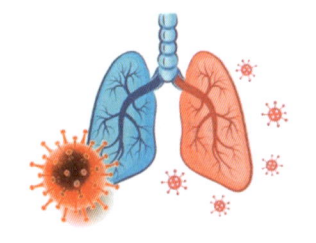

pneumonia [nuˈmoʊnjə] 名 肺炎

Pneumonia is a potential complication of COVID-19.
肺炎是新冠病毒一種的潛在併發症。

poetic [poʊˈɛtɪk] 形 詩的, 韻文的
註：poem (n) 詩

This story is written in a **poetic style**.
這篇故事以一種詩篇風格創作出來。

註：verse 詩行

poke [poʊk] 動 戳弄

Stop **poking** me in the face.
別再戳我的臉了。

polar [ˈpoʊlɚ] 形 極地的, 南北極的
註：pole 竿子

There are fewer animals in the **polar regions**.
極地的動物比較少。

高階英語單字 (P7)

ponder [ˈpɑːndɚ] 動 仔細考慮, 沉思

He **pondered** on an important decision.
他沉思著一件重要的決定。

---

pony [ˈpoʊni] 名 迷你馬, 小馬

A **pony** is a small horse under 4 feet tall.
迷你馬是一種不到 4 英呎高的小馬。

基礎衍生字彙 → **populate** 動 構成人口

---

porch [ˈpɔːrtʃ] 名 門廊, 入口處, 走廊

They huddled inside the **porch** and rang the bell.
他們走進了門廊並且按了電鈴。

---

porter [ˈpɔːrtɚ] 名 搬運工人, 腳夫

字源：port (n) 港口 (指搬運)

The **porter** will deliver your luggage to your room.
腳夫會把您的行李搬到您的房間去。

---

portfolio [pɔːrtˈfoliˌoʊ] 名 卷宗夾, 公事包, 投資組合

I put all important documents in a **portfolio**.
我把所有重要的文件都放在一個眷夾裡。

單字遊戲

posture [ˈpɑːstʃɚ] 名 體態, 姿態
註：pose (n) 姿勢

Good **posture** helps straighten your back.
好的身體姿態幫助你把背部挺直。

potent [ˈpoʊtnt] 形 有影響的, 有效力的, 強大的
註：potential (a) 有潛力的

Our most **potent** weapon is confidence.
我們最強大的武器就是信心。

poultry [ˈpoʊltri] 名 家禽 (特別指雞)

We keep **poultry** for food.
我們人類養家禽來吃。

同義字：fowl

practitioner [prækˈtɪʃənɚ] 名 護理醫師

She was a **practitioner** before she became a doctor.
她在擔任醫生之前是一名護理醫師。

preach [ˈpriːtʃ] 動 說教, 傳道

Jesus began to **preach** the gospel of God in his 30s.
耶穌 30 多歲時開始傳達神的福音。

高階英語單字 (P8)

precede [prɪˈsiːd] 動 走在~之前
precedent [ˈprɛsədənt] 名 先例, 慣例

This case is not a **precedent**. It happened before.
這個案件並非先例。它以前就發生過了。

字源：pre- (before) + cede (go)

precaution [prɪˈkɔʃən] 名 謹慎, 預防措施
predecessor [ˈprɛdɪˌsɛsə] 名 前輩, 先例, 祖先
prehistoric [ˌpriːhɪˈstɔːrɪk] 形 史前的
prejudice [ˈprɛdʒədɪs] 名 偏見 (字源：pre + judge)
premature [ˌprimə'tʃʊr] 形 未成熟的, 早產的
preview [ˈpriːˌvjuː] 動 名 預習, 預告

註：pre- 先前

precision [prɪˈsɪʒən] 名 精準度

註：precise (a) 精準的

Your calculation lacks **precision**.
你的計算缺乏精準度。

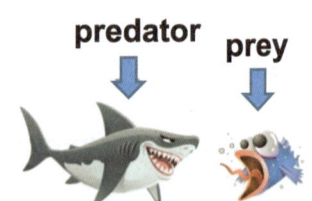

同義字：accuracy

prey [ˈpreɪ] 動 掠食 名 獵物
predator [ˈprɛdɪtə] 名 掠食者

The **predator** is looking for his **prey**.
這掠食者正在尋找他的獵物。

preference [ˈprɛfərəns] 名 偏好, 偏愛

註：prefer (v) 偏好

Do you have a **preference**?
有偏好的東西嗎？

單字遊戲

preliminary [prəˈlɪməˌnɛri] 形 初步的, 準備階段的

This plan has some **preliminary work** to be done.
這個計劃有一些準備作業要完成。

premier [prɛˈmɪr] 名 首相 形 首位的, 最早的

The prime minister is also called the **premier**.
首席宰相又稱之為首相。

premiere [prɛˈmɪr] 名 動 首映

This movie will have its **premiere** next week.
這部電影在下週會播放它的首映。

premium [ˈpriːmiəm] 形 優質的

Our company makes **premium** quality products.
我們的公司製作優質產品。

premise [ˈprɛmɪs] 名 前提, 推測 (有根據)
presume [prɪˈzuːm] 動 推測 (有根據)
presumably [prɪˈzuːməbli] 副 據推測, 大概

I **presume** guinea pigs are not pigs.
我推測天竺鼠不是豬。

同義字：assume 假設(無根據)

高階英語單字 (P9)

prescribe [prɪˈskraɪb] 動 指示, 開藥方
prescription [prɪˈskrɪpʃən] 名 指示, 處方箋
字源：pre- (先) + scribe (寫)

The doctor gave me a **prescription**.
醫生給了我一個處方簽。

---

presidential [ˌprɛsɪˈdɛntʃəl] 形 總統的, 總統選舉的
presidency [ˈprɛsɪdənsi] 名 總統職位
preside [prɪˈzaɪd] 動 主持, 管轄

He is preparing to run for his second **presidency**.
他正在準備競選他的第二任總統任期。

---

prestige [prɛˈstiːʒ] 名 名望, 聲望

His company has gained international **prestige**.
他的公司獲得了國際的聲望。

---

prevail [prɪˈveɪl] 動 勝過, 流行

Nothing **prevails** over rights and justice.
沒有什麼勝過權力與正義。

---

preventive [prɪˈvɛntɪv] 形 預防的 名 預防方法
註：prevent (v) 預防

We took **preventive** approaches against the flu.
我們採取了預防性的措施來對抗流行性感冒。

212

單字遊戲

參照 predator ➡ **prey** 名 獵物 動 狩獵

基礎衍生字彙 ➡ **priceless** 形 無價的, 稀世之珍的

prior [ˈpraɪɚ] 形 先前的   註：priority 優先權
prior to 在~之前

Passengers must show tickets **prior to** boarding.
乘客上車之前必須先驗票。

註：priority seat 博愛座

privatize [ˈpraɪvəˌtaɪz] 動 私有化, 民營化
註：private (a) 私人的

The government plans to **privatize** schools.
政府計畫將學校民營化。

probe [proʊb] 動 探究, 窺探
註：probably 可能

They **probed into** her private life.
他們窺探了她的生活。

procession [prəˈsɛʃən] 名 隊伍
註：process 進度, 步驟

The **procession** is moving slowly.
該隊伍緩慢地走著。

高階英語單字 (P10)

proclaim [proˈkleɪm] 動 宣告, 聲明

註：claim 聲稱、acclaim 歡呼、exclaim 驚叫

She **proclaimed** that she will run for president.
她宣佈要參選總統。

productivity [ˌprodʌkˈtɪvəti] 名 生產力, 生產率

註：produce (v) 生產

How do you judge their **productivity**?
你如何衡量他們的生產力？

proficiency [prəˈfɪʃənsi] 名 精通, 專業度

註：profession (n) 專業

People believe in their **proficiency**.
大家都相信他們的專業能力。

註：professor (n) 教授

profile [ˈproʊfaɪl] 名 (人事) 檔案

I've built up my **profile**.
我建立好了我的檔案。

profound [proˈfaʊnd] 形 深奧的

This concept is too **profound** for us.
這個觀念對我們來說太深奧了。

214

單字遊戲

progressive [prəˈgrɛsɪv] 形 進展中的, 逐漸的
註：progress (n) 進展

We make **progressive** improvements for customers.
我們為客戶不斷的進步。

prohibit [proˈhɪbɪt] 動 禁止
prohibition [ˌproʊɪˈbɪʃən] 名 禁止

Smoking is **prohibited** in public areas.
公共場合吸菸是被禁止的。

同義字：forbid, ban

---

projection [prəˈdʒɛkʃən] 名 規劃, 投影, 預測
註：project (v) 投影

The meeting is held in a big **projection** room.
這場會議在一個大間的投影室舉行。

prolong [prəˈlɒŋ] 動 延長, 拉長
註：pro- (向前) + long

The meeting was **prolonged** for an hour.
這場會議延長了一個小時。

prone [ˈproʊn] 形 有~傾向的, 容易的
be prone to 容易於~

Children **are prone to** disease.
小孩子很容易生病。

215

高階英語單字 (P11)

propaganda [ˌprɑːpəˈɡændə] 名 (政治等的) 宣傳

Uncle Sam is the most iconic figure in US **propaganda**.
山姆叔叔是美國政治宣傳的標誌性人物。

---

propel [prəˈpel] 動 推進, 推動

註：propeller 推進器, 螺旋槳

This ship is **propelled** by four engines.
這艘船用四顆引擎來推動。

---

prophet [ˈprɑːfɪt] 名 先知

Noah was a **prophet** in the Bible.
諾雅一為聖經中的先知。

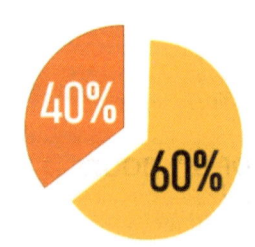

---

proportion [prəˈpɔːrʃən] 名 比例, 比率

註：portion (n) 一部分

A **proportion** of the profits will go into charity.
一定比例的利潤會用來作慈善。

---

prose [proʊz] 名 散文

My sister writes beautiful **prose**.
我的妹妹寫很棒的散文。

單字遊戲

prosecute [ˈprɑːsəˌkjuːt] 動 起訴, 告發
prosecution [ˌprɑːsəˈkjuːʃən] 名 起訴, 告發

This company is facing a **prosecution** for fraud.
這間公司面臨著詐欺罪的訴訟。

prospect [ˈprɑːspɛkt] 名 願景, 盼望
prospective [prəˈspɛktɪv] 形 盼望中的, 未來的

I see good **prospects** for the future of the human race.
我看見人類未來的美好前景。

prototype [ˈproutətaɪp] 名 原型, 初代模型

I designed a robot. And here is a **prototype**.
我設計了一個機器人。這是它的原型。

proverb [ˈprɑːvɚb] 名 諺語, 俗語

An old **proverb** says, "A leopard never changes its spots."
一句古老的俗諺說「美洲豹不會改變自己的斑點」。

province [ˈprɑːvɪns] 名 省, 州
provincial [prəˈvɪnʃəl] 形 省的, 州的

Guangdong is a **province** of China.
廣東是中國的一個省。

高階英語單字 (P12)

provision [prəˈvɪʒən] 名 供應, 預備, 糧食
provisional [prəˈvɪʒənəl] 形 臨時的, 暫定的
註：provide (v) 供應

We provide **provisional care** to stray dogs.
我們提供流浪狗一個臨時的家。

provoke [prəˈvoʊk] 動 挑釁, 激怒, 激發

My dad gets angry whenever he is **provoked**.
我的爸爸受到挑釁就會生氣。

psychic [ˈsaɪkɪk] 形 心靈的 名 靈媒
註：psyche 是希臘神話中的靈魂女神

She claims to be a **psychic**.
她宣稱自己是個靈媒。

psychotherapy 名 心理治療
psychiatry [saɪˈkaɪətri] 名 精神治療學
註：psychology 心理學

I think you need **psychotherapy**.
我想你需要心理治療。

參照 pride → **publicize** [ˈpʌbləˌsaɪz] 動 公佈, 宣傳

puff [ˈpʌf] 名 泡芙 動 喘氣, 噴氣

I love cream **puffs**. They are really yummy!
我喜歡奶油泡芙。他們真的很好吃！

單字遊戲

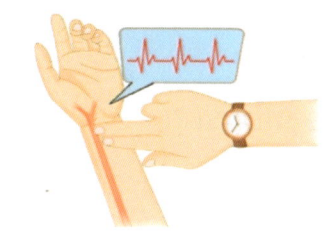

pulse [ˈpʌls] 動 脈動 名 脈搏

I can't feel my **pulse**!
我感受不到我的脈搏！

---

punctual [ˈpʌŋktʃuəl] 形 準時的

Please be **punctual** next time.
下次請準時。

---

purchase [ˈpɝːtʃes] 動 購買

Many countries **purchase** oil from Saudi Arabia.
很多國家從沙烏地阿拉伯購買石油。

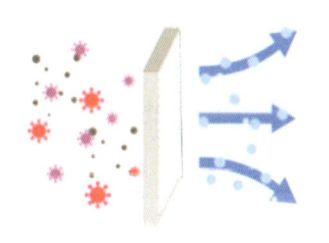

---

purify [ˈpjʊrəˌfaɪ] 動 使純淨, 淨化
purity [ˈpjʊrəti] 名 純淨

註：pure (a) 純淨的, 純潔的

The air is clean and **purified**.
空氣乾淨且淨化了。

---

pyramid [ˈpɪrəmɪd] 名 金字塔

Scientists still don't know how **pyramids** were built.
科學家仍然不知道金字塔是如何蓋的。

高階英語單字 (Q)

quake [ˈkweɪk] 動名 震動, 地震

A big **quake** happened in the morning.
今天早上發生了一起大地震。

同義字：earthquake

qualify [ˈkwɑːləˌfaɪ] 動 使具有資格
qualification 名 資格

You **are qualified for** this job.
你具備這份工作的資格。

quest [ˌkwɛst] 名 探索, 追尋, 求解
questionnaire [ˌkwɛstʃəˈnɛr] 名 問卷

Can you help me fill out this **questionnaire**?
你可以幫我填寫這張問卷嗎？

quiver [ˈkwɪvɚ] 動名 震動, 振翅

The bird **quivered** its wings out of fright.
這隻鳥兒受驚嚇而震動牠的翅膀。

同義字：resign

quota [ˈkwoʊtə] 名 額度, 配額

註：quote (v) 引文, 報價

Each bank has a certain **quota** for lending.
每一家銀行都有一些額度可以提供借款。

單字遊戲

NOTE

高階英語單字 (R1)

racism [ˈreɪˌsɪzəm] 名 種族歧視, 種族主義
註：race (n) 種族、比賽
同義字：discrimination 歧視

Racism should be avoided.
種族歧視應當予以避免。

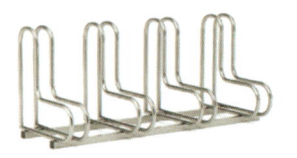

---

rack [ˈræk] 名 置物架, 鐵架

Please put the bicycle onto the **bike rack**.
請把腳踏車放置在腳踏車架上。

---

radiate [ˈreɪdiˌeɪt] 動 散發, 輻射
radiant [ˈreɪdiənt] 形 發熱的, 輻射的
radiation [ˌrɛdiˈeɪʃən] 名 放射線
radioactive [ˌreɪdioʊˈæktɪv] 形 放射線的, 有害的

Nuclear wastes are **radioactive** and hazardous.
核汙染是放射性的且有害的。

---

radical [ˈrædɪkəl] 形 根本的, 徹底的, 激進的
字源：root (n) 根部

The way he does things is too **radical**.
他做事情的方式太激進了。

---

radish [ˈrædɪʃ] 名 小蘿蔔

Can you help me cut the **radish** into slices?
你可以幫我把小蘿蔔切成片狀嗎？

222

單字遊戲

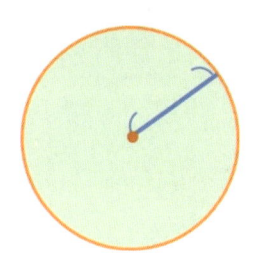

radius [ˈreɪdɪəs] 名 半徑　註：diameter 直徑

The **radius** of a circle is a half of its diameter.
一個圓的半徑是它直徑的一半。

---

ragged [ˈrægɪd] 形 不整齊的, 隨時失控的　註：rag 破布
rugged [ˈrʌgɪd] 形 粗糙的, 不平整的　註：rug 小地毯

He is on the **ragged** edge of exhaustion.
他正處在隨時失控累垮的邊緣。

---

raid [ˈreɪd] 動 名 襲擊, 劫掠

A monster **raided** our city!
一個怪獸襲擊了我們的城市！

---

rail [ˈreɪl] 名 欄杆, 鐵軌
註：railroad / railway (n) 鐵路

The first **rail system** was constructed in the UK in 1830.　全球第一個鐵路系統在 1830 年於英國建造。

---

rally [ˈræli] 動 召集, 團結　名 大集會

Supporters held a **rally** to advocate animal rights.
支持者召集了一場集會來提倡動物權利。

高階英語單字 (R2)

ranch [ˈræntʃ] 名 大牧場

My grandpa owns a big **ranch**.
我的爺爺擁有一座大牧場。

random [ˈrændəm] 形 隨機的, 隨便的

The computer will pick up a **random number** for you.
電腦會為你選出一個隨機的號碼。

rap [ˈræp] 名 饒舌歌

Rap was popular in the 1990s.
饒舌歌於 1990 年代很受歡迎。

rash [ˈræʃ] 名 疹子 形 魯莽的

The poor baby has a **skin rash**.
這位可憐的寶寶有皮膚疹。

ratify [ˈrætəˌfaɪ] 動 正式批准, 簽署協議, 認可

The new treaty is **ratified** by all EU member states.
這項新的協定受到所有歐洲國家批准認可。

單字遊戲

ratio [ˈreɪʃɪˌoʊ] 名 比率, 比例

The **ratio** of girls to boys is 2 to 1 in my class.
我班上的女生與男生比例是 2：1。

---

rational [ˈræʃənəl] 形 理性的, 合理的
註：reason (n) 理性, 理由

He is calm and **rational**.
他是冷靜且理性的。

---

rattle [ˈrætəl] 動 名 (響尾蛇) 咯咯聲

Rattle snakes are highly venomous reptiles.
響尾蛇是很毒的爬蟲類。

---

realism [ˈriːˌlɪzəm] 名 寫實主義
realization [ˌriːləˈzeɪʃən] 名 領悟
註：real (a) 真實的

Suddenly, I had a **realization** that it's not real.
突然間，我意識到它不是真的。

---

realm [ˈrɛlm] 名 國土, 領土, 領域

We must fight to defend our **realm**.
我們必須捍衛自己的國土。

同義字：territory (n) 領土

高階英語單字 (R3)

reap [ˈriːp] 動 收割, 收穫

We **reap** what we sow.
種什麼就收割什麼。

---

rear [ˈrɪr] 名 臀部 形 後面的

Always check your **rear mirrors** when you drive.
開車時隨時查看後視鏡。

---

reassure [ˌriəˈʃʊr] 動 再三強調, 使放心

字源：re- (again) + assure 確保

"Everything is fine," he **reassured** me.
「一切都沒問題」他再三向我保證。

---

rebellion [rɪˈbɛljən] 動 反叛, 反抗

註：rebel (v) 反判

The government had brutally crushed **rebellion**.
政府兇殘地震壓了這起叛亂。

---

recession [rɪˈsɛʃən] 名 衰退

The global economy is in a **recession** right now.
全球經濟正處在衰退狀態。

單字遊戲

recipient [rɪˈsɪpiənt] 名 接受者

註：receipt (n) 收據

The **recipient** of the prize is my brother!
這次獎項的受獎者是我的哥哥。

recite [rɪˈsaɪt] 動 朗誦, 背誦

This girl is **reciting** some poetic lines.
這位女孩正在朗誦一些詩行。

reckless [ˈrɛkləs] 形 不經心的, 魯莽的

Joe is wild and **reckless**.
Joe 野性又魯莽。

同義字：careless

reckon [ˈrɛkən] 動 認為

Hmm, I **reckon** you are right.
恩，我認為你是對的。

同義字：think

recommend [ˌrɛkəˈmɛnd] 動 推薦
recommendation [ˌrɛkəmənˈdeɪʃən] 名 推薦

Which one do you **recommend**, pork or chicken?
你推薦哪一個呢？豬肉還是雞肉？

同義字：suggest

227

高階英語單字 (R4)

reconcile [ˈrɛkənˌsaɪl] 動 調解 (恢復關係)

He refuses to **reconcile** himself **to** his sister.
他拒絕與姊姊進行調解。

同義字：meditate, intervene

---

recreational [ˌrɛkriˈeɪʃənəl] 形 娛樂的, 消遣的

註：recreation (n) 娛樂

I love all kinds of **recreational activities**.
我熱愛所有的娛樂活動。

同義字：entertainment, amusement

---

recruit [rɪˈkruːt] 動 雇用, 募兵

We are **recruiting** people into the office.
我們正在招募人進辦公室工作。

同義字：hire, employ

---

redundancy [rɪˈdʌndənsi] 名 多餘

註：redundant (a) 多餘的

Sometimes, I feel Joe is **redundant**.
有時候，我感覺 Joe 是多餘的。

---

reef [ˈriːf] 名 礁　註：coral reef 珊瑚礁

Coral reefs are homes to many marine animals.
珊瑚礁是許多海水動物的家。

單字遊戲

referee [ˌrɛfəˈriː] 動名 仲裁, 裁判
referendum [ˌrɛfəˈrɛndʌm] 名 公民投票 
註：refer (v) 參照

The **referee** kicked him out with a red card.
裁判用紅牌把他給踢出去了。

refine [rɪˈfaɪn] 動 精緻, 精鍊　字源：re- (again) + fine 精美的
refinement 名 精緻, 精鍊

The artist has spent days **refining** his artwork.
這位藝術家花了好幾天精緻他的作品。

reflective [rɪˈflɛktɪv] 形 反射的, 反映的
註：reflect (v) 反射

Water is a **reflective** surface.
水的表面是具反射性的。

refresh [rɪˈfrɛʃ] 動 更新, 恢復活力　字源：re- (again) + fresh
refreshment 名 更新, 恢復活力

After a good rest, I feel my brain is **refreshed**.
休息過後，我感覺頭腦恢復活力了。

refuge [ˈrɛfjuːdʒ] 名 避難所, 庇護
註：refugee (n) 難民

The refugees are **seeking refuge** in another country.
難民們正在其它國家尋求庇護。

229

高階英語單字 (R5)

refute [rɪˈfjuːt] 動 駁斥,反駁

She quickly **refuted** the idea I proposed.
她很快地駁斥我提出的想法。

---

regardless [rɪˈɡɑːrdləs] 副 不管,不在乎,無論

註:regard (n) 關心　　regardless of 不論

We must take actions, **regardless of** the cost.
我們必須採取行動,不惜一切代價。

---

rehabilitate [ˌrihəˈbɪləˌteɪt] 動 復健,恢復健康
rehabilitation 名 復健,恢復健康

Three years of **rehabilitation** made him able to walk again. 三年來的復健讓他能再次走路了。

---

rehearse [riˈhɜːs] 動 排練,排演
rehearsal [rɪˈhɜːsəl] 名 排練,排演

We've had a lot of **rehearsals**.
我們已經進行多次彩排。

---

reign [ˈreɪn] 動名 統治,王權
regime [rɪˈʒiːm] 名 王位,政權

The king **reigned** over this land for over 30 years.
這位國王統治著這片土地已超過 30 年。

單字遊戲

reinforce [ˌriˌɪnˈfɔːrs] 動 加強, 鞏固

Our castle is **reinforced** with troops.
我們的城堡有著軍隊作鞏固。

rejoice [rɪˈdʒɔɪs] 動 欣喜　註：joy (n) 喜悅

He **rejoiced** at the news of a tax cut.
聽到減稅的消息他欣喜了一下。

relay [ˈriːˌleɪ] 動 轉播 名 接力賽

They raced to a thrilling victory in the **relay**.
他們在這場接力賽中努力跑而達成驚險的勝利。

relentless [rɪˈlɛntləs] 形 持續且強烈的, 無情的

The snow is strong and the wind is **relentless**.
雪很大且風強烈又無情。

reliance [rɪˈlaɪəns] 名 信仟, 依賴
reliant [rɪˈlaɪənt] 形 仰賴的
註：rely (v) 信賴, 依賴

They are completely **reliant** on each another.
他們彼此互相仰賴。

231

高階英語單字 (R6)

relic [ˈrɛlɪk] 名 遺物, 遺跡

The Rosetta Stone is an important **relic** found in Egypt.
羅薩塔石碑是埃及裡發現的一項重要遺物。

---

remainder [rɪˈmeɪndər] 名 殘留物, 餘數

註：remain (n) 遺跡 (v) 剩餘

He spent up his money, with no **remainder**.
他把錢都花光了，毫無任何殘留。

---

reminder [riˈmaɪndər] 名 提醒

註：remind (v) 提醒

I always put a **reminder** on the wall.
我總是在牆壁上貼提醒訊息。

---

reminiscent [ˌrɛməˈnɪsənt] 形 懷念的

This scene **is reminiscent of** my childhood.
這個場景令我懷念起童年時期。

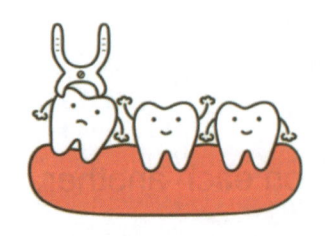

似：evoke (v) 喚起

---

removal [rɪˈmuvəl] 名 除去, 免職

註：remove (v) 移除

I feel better with the **removal** of my wisdom tooth.
智齒移除之後我感覺好多了。

單字遊戲

render [ˈrɛndɚ] 動 輸出, 產生, 使得

I will have my clip **rendered** in a minute.
我馬上就把我製作的短片從電腦裡輸出。

---

renowned [rəˈnaʊnd] 形 有名的, 有聲譽的
字源：re- (again) + known (知道的)

He is a **renowned** singer.
他是一位有名氣的歌手。

---

rental [ˈrɛntḷ] 形 出租的 名 出租　註：rent (v) 出租

I found a perfect **rental house** close to my office.
我找到了一間非常適合的租屋，就在我辦公室附近。

---

repay [riˈpeɪ] 動 償還, 報答
字源：re- (back) + pay 付

You can **repay** the mortgage over 30 years.
你可以用 30 年時間來償還貸款。

---

reproduce [ˌriprəˈduːs] 動 繁殖, 複製
字源：re- (again) + produce 製造

Hamsters **reproduce** really fast.
倉鼠繁殖很快。

233

高階英語單字 (R7)

reptile [ˈrɛptaɪl] (名) 爬蟲類

Lizards, turtles and snakes are common **reptiles**.
蜥蜴、烏龜、蛇都是常見的爬蟲類。

---

republican [rɪˈpʌblɪkən] (形)(名) 共和主義者(的)

註：republic (n) 共和國

The Republican Party is a political party in the US.
共和黨是美國的一個政黨。

---

resemblance [rɪˈzɛmbləns] (名) 相似

註：resemble (v) 貌似

Huskies bear some **resemblance** to wolves.
哈士奇帶有與狼相似的外貌。

---

resent [rɪˈzɛnt] (動) 憤慨, 怨恨
resentment (名) 憤慨, 怨恨

I can see **resentment** in her eyes.
我可以在她的眼神中看見怨恨。

---

reservoir [ˈrɛzəˌvʊɑːr] (名) 水庫

註：reserve (v) 保存, 節約

The **reservoir** is getting low after a long drought.
在長久旱災後，水庫水位日漸下降。

234

單字遊戲

reside [rɪˋzaɪd] 動 居住
resident [ˋrɛzɪdənt] 名 居民
residence [ˋrɛzɪdəns] 名 住所, 住宅
residential [͵rɛzɪˋdɛntʃəl] 形 居住的, 住宅的

Try not to bother the **residents** in this area.
試著不要打擾這個區域的居民。

resistant [rɪˋzɪstənt] 形 抵抗的　註：resist (v) 抵抗, 拒絕
be resistant to ~ 拒絕~

He **is** stubborn and **resistant to** change.
他很固執且拒絕改變。

resort [rɪˋzɔːrt] 動 訴諸於 名 渡假勝地

We will stay at a summer **resort** for a week.
我們會在夏季度假村待一個禮拜。

respective [rɪˋspɛktɪv] 形 各自的 (想法等)
註：respect (v) 尊重 (n) 觀點

The kids are sharing their **respective dreams**.
孩子們正在分享他們各自的夢想。

respondent [rɪˋspɑːndənt] 形 有回應的 名 應答者, 被告
註：respond (v) 回應

People are waiting for the **respondent** to this case.
人們正在等待這事件的應答者(該出來講話的人)。

高階英語單字 (R8)

restoration [ˌrɛstəˈreɪʃən] 名 恢復
註：restore (v) 恢復

The **restoration** process is complete.
重置已經完成。

---

restrain [rɪˈstreɪn] 動 抑制, 約束
restraint [rɪˈstreɪnt] 名 抑制, 約束

We need to **restrain** him from going too far.
我們需要約束他以免他太過份。

同義字：constrain

---

resume [rɪˈzuːm] 動 恢復, 繼續　補充：résumé (n) 履歷

The game **resumed** after a short break.
比賽在短暫休息過後繼續開始。

---

retail [ˈriːtɛl] 動 名 零售

I bought some grocery from the **retail stores**.
我在零售商店買了一些日用品。

---

retort [ˈriːtɔːrt] 動 名 反駁, 回嘴

He tried to **retort**, but it didn't help much.
他嘗試回嘴但是沒有什麼幫助。

236

單字遊戲

retrieve [rɪˈtriːv] 動 取得, 找回 (資料)

I **retrieved** the data from the database.
我從檔案庫裡取得了資料。

revelation [ˌrɛvəˈleɪʃən] 名 顯示, 揭發, 啟示
註：reveal (v) 揭發

Her messages gave me some **revelations**.
她的訊息給了我一些啟示。

revenue [ˈrɛvəˌnuː] 名 歲收, 稅收

Taxes provide most of the government's **revenue**.
稅金提供著政府大部分的歲收。

reverse [rɪˈvɜːs] 形 倒轉的 動 翻轉, 倒退

Time cannot be **reversed**.
時間無法被翻轉過來。

revive [rɪˈvaɪv] 動 復甦, 再生
revival [rɪˈvaɪvḷ] 名 復甦, 再生
字源：re- (again) + vive (live)

I feel **revived** after a good rest.
在好好休息過後，我感覺重生了。

237

高階英語單字 (R9)

revolt [rɪˈvoʊlt] 動 名 反叛, 反感

The angry citizens **revolted** against their government.
憤怒的市民們對他們的政府發起造反。

revolve [riˈvɑːlv] 動 旋轉, 公轉

Earth takes 365 days to **revolve** around the Sun.
地球花了 365 天繞轉太陽一週。

似：orbit 繞行

rhetoric [ˈrɛtərɪk] 名 修辭

This guy is just making a lot of **empty rhetoric**.
這傢伙只是在用虛實的浮誇言論。

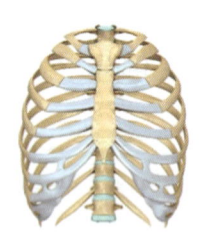

rib [ˈrɪb] 名 肋骨

There are 24 **ribs** in the human body.
人體有 24 根肋骨。

ridge [ˈrɪdʒ] 名 山脊, 山脈

We slowly walked along the **mountain ridge**.
我們沿著山脊慢慢地走。

單字遊戲

ridiculous [rɪˈdɪkjələs] 形 可笑的, 荒謬的

This idea sounds **ridiculous**.
這個點子聽起來太可笑了。

rifle [ˈraɪfəl] 名 來福槍 (步槍) 動 洗劫

He took up his **rifle** and aimed at his target.
他舉起他的來福槍瞄準好目標。

rigid [ˈrɪdʒɪd] 形 嚴厲的, 缺乏彈性的
rigorous [ˈrɪɡərəs] 形 嚴密的, 嚴格的

My father is a rigid person with **rigid rules**.
我的爸爸是個嚴厲的人並且有著嚴厲的規定。

同義字：strict

rim [ˈrɪm] 名 杯緣

The **rim** of the glass was chipped.
玻璃杯的杯緣有缺口。

riot [ˈraɪət] 動 名 暴亂, 狂歡

There's a **riot** going on in this city.
這座城市正面臨著一場暴亂。

高階英語單字 (R10)

rip [ˈrɪp] 動 撕裂 名 斯裂處

He **ripped** the paper **off** out of anger.
他一氣之下把那張紙撕掉了。

ripple [ˈrɪpl̩] 動名 漣漪, 波紋

A water drop caused **ripples** in the pond.
一滴水產生了池塘的漣漪。

risky [ˈrɪski] 形 危險的, 冒險的

註：risk (n) 冒險

This is very **risky**.
這樣非常的冒險。

ritual [ˈrɪtʃuːəl] 名 儀式

They are having a small **ritual**.
他們正在舉行一個小小的儀式。

同義字：ceremony 典禮

rival [ˈraɪvəl] 動 競爭 名 對手
rivalry [ˈraɪvəlri] 名 競爭行為

The two parties are longtime **rivals**.
這兩派長久以來都是敵對狀態！

roam [roʊm] 動 漫遊

Your cellphone is **roaming**.
你的手機正在漫遊。

240

單字遊戲

robust [roʊˈbʌst] 形 結實的, 硬梆梆的
註：robot 機器人

Ted looks strong and **robust**.
Ted 看起來強壯且結實。

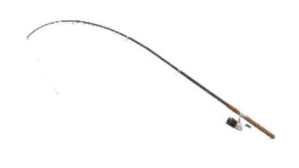

---

rod [ˈrɑːd] 名 桿子, 釣竿

I received a **fishing rod** from my dad as a gift.
我從爸爸那收到了一個釣魚竿作為禮物。

---

rotate [roʊˈteɪt] 動 旋轉, 輪流, 自轉
rotation [roʊˈteɪʃən] 名 旋轉, 輪流, 自轉

The Earth takes 24 hours to **rotate** on its axis.
地球花 24 小時自轉自己的軸心一圈。

---

royalty [ˌrɔɪəlti] 名 皇室, 版稅
註：royal 皇家的

They treat me like the **royalty**.
他們向對待皇室一樣款待我。

---

rubbish [ˈrʌbɪʃ] 名 垃圾, 廢物

It's **rubbish**. I don't want it.
這是垃圾。我不要它。

同義字：garbage, trash

參照 ragged → **rugged** [ˈrʌgɪd] 形 粗糙的, 不平整的

---

ruthles [ˈruːθləs] 形 無情的, 殘忍的

He is cruel and **ruthless**. He eats stray dogs!
他殘忍又無情。他吃流浪狗耶！

同義字：cruel

241

高階英語單字 (S1)

sacred [ˈseɪkrəd] 形 神聖的

The Holy Bible is full of **sacred** messages.
聖經裡面充滿著神聖的訊息。

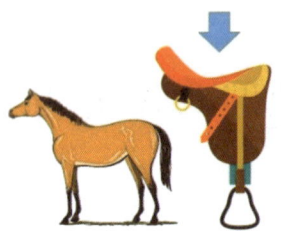

---

saddle [ˈsædəl] 名 馬鞍

Saddle is the seat of the harness.
馬鞍是馬具的座墊處。

同義字：harness 馬具

---

saint [ˈseɪnt] 名 聖人

註：Santa Claus 聖誕老人

Santa Claus is coming to town.
聖誕老人要來鎮上囉！

---

salmon [ˈsæmən] 名 鮭魚

Salmon is ideal for sashimi.
鮭魚很適合製成生魚片。

---

salon [səˈlɑːn] 名 美容院, 沙龍

I need a **salon** for my haircut.
我需要找一間美髮院來剪髮。

單字遊戲

salute [səˈluːt] 動名 敬禮, 致意

They raised their hands in **salute**.
他們舉手敬禮。

salvage [ˈsælvədʒ] 動名 沈船打撈

The **salvage** mission is still going on.
沈船打撈的任務仍然在執行著。

sandal [ˈsændəl] 名 涼鞋

Sandals are great for the beach.
涼鞋適合海灘。

sanitize [ˌsænəˈtaɪz] 動 衛生消毒
sanitation [ˌsænəˈteɪʃən] 名 衛生消毒
註：sanitizer (n) 消毒液

The spread of disease starts with poor **sanitation**.
疾病的傳播始於不良的衛生消毒習慣。

同義字：hygiene

savage [ˈsævɪdʒ] 形 野性的 名 野蠻人

Music has charms to soothe a **savage** breast.
音樂有著一種安定野蠻心靈的魅力。

高階英語單字 (S2)

scan [ˈskæn] 動 掃描, 瀏覽
註：scanner (n) 掃描器

She quickly **scanned** the barcode of the product.
她很快地掃描了該商品的條碼。

scandal [ˈskændəl] 名 醜聞

Her husband's **scandal** is everywhere now.
她先生的醜聞現在到處都是了。

scar [ˈskɑːr] 名 刀疤

This man has a long **scar** on his face.
這名男子臉上有一道很長的疤痕。

scenic [ˈsiːnɪk] 形 風景秀麗的
scenario [səˈnɛriou] 名 情節, 情況
註：scene (n) 風景

We stopped to enjoy the **scenic beauty** of the hill.
我們停下來享受這片山谷的秀麗美景。

scent [ˈsɛnt] 動 嗅, 聞 名 氣味 註：smell (v) 聞 (n) 味道

This **scent** smells so good.
這香氣聞起來真棒。

244

單字遊戲

scheme [ˈskiːm] 動名 策畫, 密謀

A careful **scheme** is necessary before each action.
在每一次行動之前，詳細的策畫都是必要的。

scope [skoʊp] 名 範圍, 領域

The entire book is within the **scope** of this test.
這次考試的範圍涵蓋這整本書。

scorn [ˈskɔːrn] 動名 鄙視

I **scorn** sneaks and liars.
我鄙視狡詐與撒謊的人。

同義字：contempt, despise

scramble [ˈskræmbəl] 動名 炒(蛋)

I made some **scrambled eggs** for breakfast.
我做了一些炒蛋當早餐。

scrap [ˈskræp] 名 碎片
scrape [ˈskreɪp] 動 刮除

She **scrapped** the wallpaper off the wall.
她從牆壁將壁紙刮掉。

高階英語單字 (S3)

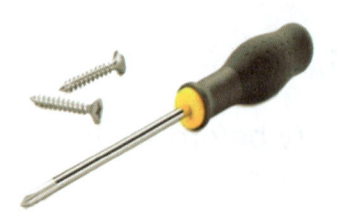

screwdriver [ˈskruːˌdraɪvɚ] 名 螺絲起子

註：screw (n) 螺絲

I need a **screwdriver** and some screws.
我需要一支螺絲起子和一些螺絲。

---

script [ˈskrɪpt] 名 筆跡, 劇本

註：scribe (n) 抄寫

It's easy to recognize his **script**.
他的筆跡很容易辨識。

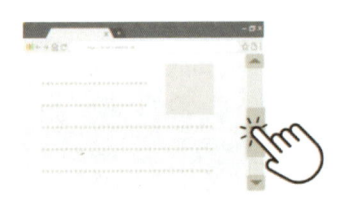

---

scroll [skroʊl] 動 捲動

Scroll down the window to find the link below.
視窗向下捲動找尋下方連結。

---

scrutiny [ˈskruːtəni] 名 詳細的檢查

We will have careful **scrutiny** on the document.
我們會仔細檢查一下這份文件。

---

sculptor [ˈskʌlptɚ] 名 雕刻家

註：sculpture (n) 雕刻品

The **sculptor** has spent a month on this sculpture.
這位雕刻家已經花了一個月在這件雕刻品上。

單字遊戲

seagull [ˈsiːˌgʌl] 名 海鷗 （簡：gull）

Seagulls are circling in the air.
海鷗在空中盤旋。

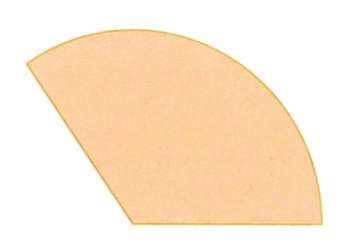

---

sector [ˈsɛktɚ] 名 扇形面, 部門
註：section 部分、區塊

Researchers are seeking funds from the **private sector**.
研究人員正在從私營部門 (民營機構) 中尋求資金贊助。

---

seduce [sɪˈduːs] 動 誘惑, 引誘
註：seduction (n) 誘惑

You are **seducing** me!
你正在誘惑我！

---

segment [ˈsɛgmənt] 動 分割 名 分部, 區塊

Our plan can be divided into four **segments**.
我們的計畫可以分為四個區塊。

Ryan
Olivia
Mr. Green

selective [səˈlɛktɪv] 形 有選擇性的, 嚴格篩選的
註：select (v) 選擇

I'm now more **selective** with friends than I used to be.
我現在選擇朋友時變得更嚴格(篩選)了。

247

高階英語單字 (S4)

seminar [ˈsɛmɪˌnɑːr] 名 專題討論, 小會

註：session (n) 講習

We have a weekly **seminar** on weekends.
我們每週末有一個專題討論。

senator [ˈsɛnətɚ] 名 參議員

註：senate (n) 參議會

A new bill was passed by the **senate** today.
一項新的法案今天由參議會通過了。

sensation [sɛnˈseɪʃən] 名 感覺, 知覺　　註：sense (v) 感覺
sensitivity [ˌsɛnsəˈtɪvəti] 名 敏感度
sensor [ˈsɛnsɚ] 名 感應器

Human **sensations** are perceived in the brain.
人類的知覺在大腦內接收。

sentiment [ˈsɛntəmənt] 名 感情, 情緒
sentimental [ˌsɛntəˈmɛntəl] 形 多愁善感的

My sister is a **sentimental** girl.
我的妹妹是個多愁善感的女孩。

serene [səˈriːn] 形 安詳的, 寧靜的

Jen enjoys a **serene life**.
Jen 喜歡寧靜的生活。

單字遊戲

sergeant [ˈsɑːrdʒənt] 名 中士, 警官

The **sergeant** gave the soldiers an order.
這位中士給了士兵一道命令。

1, 2, 3, 4, …

series [ˈsɪriz] 名 連續, 系列
serial [ˈsɪriəl] 形 一系列的 名 連載小說
sequence [ˈsiːkwɛns] 名 順序

She wrote down a **serial number** from 1 to 10.
她寫下了 1 到 10 一序列的數字。

sermon [ˈsɜːmən] 名 說教

Don't listen to his **sermon**.
不要聽取他的教說。

server [ˈsɜːvɚ] 名 服務員, 伺服器
註：save (v) 服務

All data is stored in this **server**.
所有的資料都儲存在這個伺服器裡。

參照 seminar ⇒ **session** [ˈsɛʃən] 名 講習

setting [ˈsɛtɪŋ] 名 設定, 背景
setback [ˈsɛtˌbæk] 名 挫折, 倒退
註：set (v) 設定

Can you help me with the **settings** on my cellphone?
你可以處理手機上的設定嗎？

249

高階英語單字 (S5)

shabby [ˈʃæbi] 形 破爛的、邋遢的

His furniture is old and **shabby**.
他的傢俱又老舊又破爛。

基礎衍生字彙 ➡ **shareholder** 名 股東

---

sharpen [ˈʃɑːrpən] 動 削尖, 使~銳利
註：sharp (a) 銳利的

This knife has been **sharpened**.
這把刀已經磨利。

---

shatter [ˈʃætɚ] 動 粉碎, 砸碎

He fired his gun and **shattered** a glass bottle.
他開了槍並粉碎了一支玻璃瓶。

---

shaver [ˈʃeɪvɚ] 名 刮鬍刀
註：shave (v) 括毛

This **shaver** is new and sharp.
這把刮鬍刀又新有銳利。

---

shed [ˈʃɛd] 動 脫(殼), 流(淚) 名 分水嶺, 倉庫

Snakes **shed** their skin when it doesn't fit anymore.
當蛇皮不再合適時，蛇就會拖殼。

單字遊戲

sheer [`ˈʃɪr`] 形 全然的　副 全然, 十足地

This is a **sheer** mistake.
這件事全然是個錯誤。

sheriff [`ˈʃerɪf`] 名 警長

The **sheriff** took out his gun and was ready to shoot.
警長掏出了他的槍並且準備射擊。

shield [`ˈʃiːld`] 名 盾牌

This **shield** is made of stainless steel.
這個盾牌由不鏽鋼製成。

shiver [`ˈʃɪvɚ`] 動 名 發抖, 顫抖

He is **shivering** in cold winter.
他在冬天裡顫抖著。

同義字：tremble

shortage　　名 缺少, 不足　註：short (a) 短的, 矮的
shortcoming　名 缺點, 短處
short-sighted　形 近視的, 目光短淺的

基礎衍生字彙

Everyone has their strengths and **shortcomings**.
每個人有自己的強項與弱項。

高階英語單字 (S6)

shove [`ˈʃʌv`] 動 名 (大力) 推

He gave the machine a hefty **shove**.
他大力的給這部機器推了一把。

shred [`ˈʃrɛd`] 動 切成條狀 名 碎片

He **shredded** all top-secret documents.
他將所有秘密檔案都絞碎。

shriek [`ˈʃriːk`] 動 名 尖叫

He **shrieked** out loud!
他大聲尖叫了出來。

同義字：scream

shrub [`ˈʃrʌb`] 名 矮樹, 灌木

She pruned the **shrub** in the garden.
她修剪了花園裡的矮樹。

shrug [`ˈʃrʌg`] 動 名 聳肩

"I have no idea," said Anna with a **shrug**.
Anna 聳肩說「我不知道」。

單字遊戲

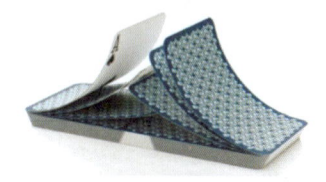

shuffle [ˈʃʌfəl] 動 洗牌

He **shuffled** the cards and dealt 3 cards to each player.
他洗了牌並且發了給每一位玩家 3 張牌。

shutter [ˈʃʌtɚ] 名 (相機)快門

He clicked the **shutter** and made a photo.
他按下快門拍下一張照片。

shuttle [ˈʃʌtəl] 名 接駁車

The **shuttle bus** runs between the city and the airport.
這台接駁車在城市與機場間來回穿梭。

sibling [ˈsɪblɪŋ] 名 兄弟姊妹, 手足

How many **siblings** do you have?
你有多少兄弟姊妹呢？

siege [ˈsiːdʒ] 名 圍攻, 包圍

The city is under **siege**!
這座城市被包圍了。

高階英語單字 (S7)

simplify [ˈsɪmpləˌfaɪ] 動 簡化 註：simple (a) 簡單的
simplicity [sɪmˈplɪsəti] 名 簡單, 單純

Try to **simplify** things. Don't complicate them.
試著讓事情簡單化。不要讓它們複雜化。

simultaneous [ˌsaɪməlˈteɪniəs] 形 同時發生的

All his phones rang **simultaneously**.
他所有的手機同時響起。

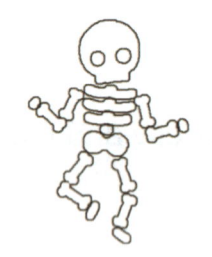

skeleton [ˈskɛlətən] 名 骨骼
skull [ˈskʌl] 名 頭骨

Human **skeleton** is made of 206 bones.
人類的骨骼由 206 根骨頭所構成。

skeptical [ˈskɛptəkəl] 形 懷疑的, 多疑的

I'm a bit **skeptical** about what he said.
我對他所說的有點懷疑。

skim [ˈskɪm] 動 瀏覽 名 脫脂(牛奶)

I prefer **skim milk** over whole milk.
我偏好脫脂牛奶勝過全脂肪牛奶。

單字遊戲

slam [sˈlæm] 動 (啪)甩門 名 砰然聲

Don't **slam** the door!
不要甩門!

slang [sˈlæŋ] 名 俚語

"24/7" is a common American **slang**.
「24/7 (每天 24 小時一週 7 天全年無休)」是常見的美國俚語。

slap [sˈlæp] 動 打耳光 名 侮辱

She **slapped** him on the cheek.
她在他的臉頰上打了耳光。

slash [sˈlæʃ] 名 (刀, 劍) 砍, 大幅度削減

They **slashed** their way through the jungle.
他們在森林中砍出了一條路。

slaughter [sˈlɔtɚ] 動 名 屠宰, 大屠殺

Many people were **slaughtered** in WWII.
許多人在二次世界大戰中遭受屠殺。

高階英語單字 (S8)

slavery [sˈleɪvəri] 名 奴役

註：slave (n) 奴隸

He was sold into **slavery** as a child.
他自幼被人賣掉做奴役。

---

slay [sˈleɪ] 動 殺害 (手段兇殘)

動詞三態：slay, slew, slain

A businessman was **slain** on his way home.
一位生意人在回家路上遭受殺害。

---

sloppy [sˈlɑːpi] 形 散慢的, 懶散的

How can you be so **sloppy**?
你怎麼可以如此邋遢？

---

slot [sˈlɑːt] 名 投幣口

He put a coin into the **slot**.
他放入一枚硬幣進入投幣孔。

---

slum [sˈlʌm] 名 貧民窟

He's been living in a **slum** his whole life.
他一生都住在貧民窟裡。

單字遊戲

slump [sˈlʌmp] 動名 (經濟)衰落, 暴跌

The world economy is in a **slump** due to warfare.
世界經濟因戰事而陷入大蕭條。

sly [sˈlaɪ] 形 狡猾的

Be careful of that guy. He is **sly** and cunning.
小心那個傢伙。他很奸詐且狡猾。

smash [ˈsmæʃ] 動 砸, 殺球

My brother **smashed** my cellphone by accident.
我的哥哥不小心把我的手機給砸爛了。

smog [ˈsmɑːg] 名 煙霧

Smog is a combination of smoke and fog.
煙霧是煙跟霧的結合。

smuggle [ˈsmʌgəl] 動 走私

He's been **smuggling** drugs into our country.
他不斷走私毒品到我們國家。

高階英語單字 (S9)

snatch [ˈsnætʃ] 動 奪取, 抓走

He **snatched** the knife out of the robber's hand.
他從強盜犯手中將刀給奪走。

sneak [ˈsniːk] 動 偷偷地走, 溜走
sneaky [ˈsniːki] 形 鬼鬼祟祟的
sneaker [ˈsniːkɚ] 名 運動鞋

John has been **sneaky** recently.
John 最近鬼鬼祟祟的。

sneeze [ˈsniːz] 動 打噴嚏 名 噴嚏

I just can't stop **sneezing**!
我就是無法停止打噴嚏。

sniff [ˈsnɪf] 動 名 嗅, 聞

She **took a sniff** at the flower.
她嗅了一下這朵花。

snore [ˈsnɔːr] 動 名 打鼾

My brother **snores** too loud that I can't sleep.
我的哥哥打鼾太大聲了我睡不著。

單字遊戲

soak [soʊk] 動 名 浸泡

I like **soaking** in the water.
我喜歡在水裡浸泡。

soar [ˈsɔːr] 動 飛翔, 飆漲

An eagle is **soaring** in the sky!
一隻老鷹翱翔於天際。

sob [ˈsɑːb] 動 名 啜泣

She began to **sob** at night.
她開始在夜晚裡啜泣。

sober [ˈsoʊbɚ] 形 清醒的

Soldiers need to stay **sober** during night.
士兵們必須在晚間保持清醒。

sociable [ˈsoʊʃəbəl] 形 善於交際的
socialism [ˈsoʊʃəlɪzəm] 名 社會主義
socialist [ˈsoʊʃəlɪst] 名 社會主義者 形 社會主義的
socialize [ˈsoʊʃəlaɪz] 動 交際
sociology [ˌsoʊsiˈɑːlədʒi] 名 社會學
註：social (a) 社交的

She is very **sociable**. 她很擅長社交。

259

高階英語單字 (S10)

基礎衍生字彙 → **soften** [ˈsɒfən] 動 軟化

---

sole [soʊl] 形 單獨的, 唯一的 名 比目魚
solo [ˈsoˌloʊ] 形 獨奏的 名 獨奏, 獨秀

He's good at performing a **solo**.
他擅長獨秀。

---

solemn [ˈsɑːləm] 形 嚴肅的

My father has a **solemn face**.
我的爸爸有一張莊嚴的臉。

同義字：serious 認真的

---

solidarity [ˌsɑːlɪˈdɛrəti] 名 團結一致

We have good **solidarity** within the group.
我們這群人團結一致。

---

solitude [ˈsɑːlɪˌtuːd] 名 孤獨, 隱居
solitary [ˈsɑːlɪˌtɛri] 形 單獨的 名 隱士

She is living a **solitary** life.
她正過著獨居的生活。

---

soothe [ˈsuːð] 動 緩和

Music can **soothe** our tension.
音樂可以緩和我們的緊張感。

260

單字遊戲

sophomore [ˈsɑːfəˌmɔːr] 名 大二生
sophisticated [səˈfɪstɪˌkeɪtɪd] 形 有見識的

I'm a **sophomore** now.
我現在是一位大二生了。

sorrowful [ˈsɔːroʊfəl] 形 憂傷的
註：sorrow (n) 憂傷

She looked at me with her **sorrowful** eyes.
她以憂傷的眼神看著我。

同義字：distress, grief

souvenir [ˌsuːvəˈnɪr] 名 紀念品, 紀念物

I got some **souvenir** from Paris for you.
我從巴黎買了一些紀念品給你。

sovereign [ˈsɑːvrɪn] 形名 君主(的), 元首(的)
sovereignty [ˈsɑːvrɪnti] 名 統治權, 主權

The king holds the **sovereign power** of his kingdom.
國王握有國家的主權。

sow [ˈsoʊ] 動 播(種) [ˈsaʊ] 名 母豬

You reap what you **sow**.
散播什麼就收割什麼。

261

高階英語單字 (S11)

spacious [ˈspeɪʃəs] 形 寬敞的
spaceship [ˈspeɪˌʃɪp] 名 太空船, 航天器
spacecraft [ˈspeɪˌskræft] 名 太空船, 航天器

This place is really **spacious**.
這個地方真是寬敞。

註：space (n) 太空

span [ˈspæn] 名 一段時間, 橋段 動 架橋

The life **span** of human beings is about 100 years.
人生命的期間大約是 100 年。

sparkle [sparkle] 名 火花

註：spark (v) 點燃 (n) 火花

Life is meant to make some **sparkles**.
生命就應該產生點火花。

sparrow [ˈspɛroʊ] 名 麻雀

The little **sparrow** perked up its tail.
這隻小麻雀翹起了牠的尾巴。

specialist [ˈspɛʃəlɪst] 名 專家, 專科醫生
specialize [ˈspɛʃəˌlaɪz] 動 專攻
specialty [ˈspɛʃəlti] 名 專業, 專長

註：special (a) 特別的

Everyone has their own **specialty**.
每個人都有自己的專長。

單字遊戲

specify [ˈspɛsəˌfaɪ] 動 說明, 具體表示
specimen [ˈspɛsəmən] 名 樣品, 標本
註：species (n) 物種

These **specimens** look so real.
這些樣本好逼真喔。

spectacle [ˈspɛktəkəl] 名 景象, 奇觀, 壯觀
spectacular [spɛkˈtækjʊlɚ] 形 壯觀的, 壯麗的
spectator [ˈspɛktɛtɚ] 名 旁觀者, 目擊者

Wow, this view is **spectacular**!
哇，這個景色真是太壯觀了！

spectrum [ˈspɛktrəm] 名 光譜

The rainbow shows the visible **light spectrum**.
彩虹表現出人類的可見光譜。

speculate [ˈspɛkjəˌlɛt] 動 推測, 推斷

I can **speculate** a simple message from her speech.
我可以從她的言論中推測出一項簡單的訊息。

sphere [sˈfɪr] 名 球體

The earth is a **sphere**, but not a perfect sphere.
地球是一個球體，但並非完美的圓形球體。

高階英語單字 (S12)

spicy [ˈspaɪsi] 形 辛辣的
註：spice (n) 香料, 辣椒
This food is too **spicy** for me.
這份食物對我來說太辛辣了。

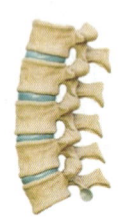

spine [ˈspaɪn] 名 脊椎
The human **spine** is made up of 33 vertebrae.
人類的脊椎由 33 個脊椎骨所構成。

spiral [ˈspaɪrəl] 形 螺旋的
A **spiral** staircase can save a lot of space.
螺旋狀的樓梯可以節省很多空間

splendor [ˈsplɛndɚ] 名 燦爛, 輝煌
註：splendid (a) 燦爛的
The **splendor** of the sunrise was breathtaking.
日出的燦爛真是令人屏息。

基礎衍生字彙 ⇒ **spokesperson** 名 發言人

sponge [ˈspɔndʒ] 名 海綿
Sponges are very useful for doing dishes.
海綿在洗碗的時候非常好用。

單字遊戲

sponsor [ˈspɑːnsɚ] 動 贊助 名 贊助者
sponsorship [ˈspɑːnsɚˌʃɪp] 名 贊助

Someone is going to **sponsor** our idea!
一些人打算贊助我們的想法！

spontaneous [spɑnˈteɪniəs] 形 自發性的

Our goal is to help students learn **spontaneously**.
我們的目標是幫助學生自發性學習。

基礎衍生字彙 → **sportsman** 名 運動家　**sportsmanship** 名 運動精神

spotlight [ˈspɑːˌtlaɪt] 名 聚光燈, 焦點

The actor stood in the **spotlight**.
這名演員站在聚光燈中。

spouse [ˈspaʊs] 名 配偶

Some people met their **spouses** at college.
一些人在大學時就遇見他們的配偶。

spur [ˈspɝː] 名 馬靴刺 動 馬靴刺踢

She **spurred** her horse forward.
她用靴刺踢了她的馬使馬匹向前跑。

高階英語單字 (S13)

squad [ˈskwɑːd] 名 班、小隊、小組

This **squad** made a lot of advances in the battle.
這個小隊在戰場上取得許多進展。

squash [ˈskwɑːʃ] 動 擠壓, 壓扁

He **squashed** the bottles and put them into the bin.
他將瓶子壓扁並放入桶中。

squat [ˈskwɑːt] 動 半蹲

Squats help you burn body fat and lose weight.
蹲坐幫助你燃燒體脂肪並減輕重量。

stabilize [ˈsteɪbɪˌlaɪz] 動 穩定
stability [stəˈbɪləti] 名 穩定

註：stable (a) 穩定的

Stability is the key to success.
穩定是成功的關鍵。

stack [ˈstæk] 動 疊放 名 一疊

I always keep **a stack of** business cards in my office.
我總是在我的辦公室內放一疊名片。

266

單字遊戲

stagger [ˈstægɚ] 動 走不穩, 震驚

A drunk man **staggered** into his room and collapsed.
一名酒醉男子搖晃走進他的房間，然後倒了下去。

stain [ˈsteɪn] 動 名 污點, 染色

There is a huge **stain** on my suit jacket.
我的外套上有很大一個污漬。

似：mar (v) 玷汙

stake [ˈsteɪk] 動 名 標樁, 賭注, 風險

The planet is warming up and our future is **at stake**.
地球正在暖化而我們的未來正處風險當中。

stall [ˈstɒl] 名 攤位 動 停擺

She sells flowers at a market **stall**.
她在一個市場攤位賣花。

stance [ˈstæns] 名 立場

註：stand (v) 站立

What is your **stance** on this issue?
你在這個議題上的立場是什麼？

高階英語單字 (S14)

staple [ˈsteɪpəl] 形 主要的 名 釘書針
stapler [ˈsteɪplɚ] 名 釘書機

Staple guns are also called staplers. 釘書針槍又叫釘書機

Rice is the **staple food** in Asia. 白米是亞洲的主食。

startle [ˈstɑːrtəl] 動 驚嚇, 嚇呆
stun [ˈstʌn] 動 驚嚇, 嚇呆

I was **startled** when I saw the accident.
當我看見那場意外時喔嚇呆了。

starvation [starˈveɪʃən] 名 飢餓, 挨餓

註：starve (v) 飢餓

同義字：hunger

Thousands of people died of **starvation**.
數千人死於饑荒。

statesman [ˈsteɪtsmɛn] 名 政治家
statute [ˈstætʃut] 名 法令

註：state (n) 州, 國

似：politician (n) 政客

He is a good **statesman**.
他是一位好的政治家。

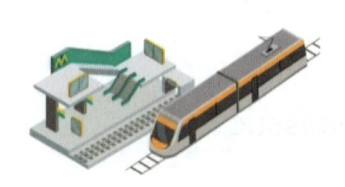

stationary [ˈsteɪʃəˌnɛri] 形 車站的, 不動的, 駐點的
stationery [ˈsteɪʃəˌnɛri] 名 文具

註：station (n) 車站

I went to the shop to buy some **stationery**.
我去了商店裡買了一些文具。

單字遊戲

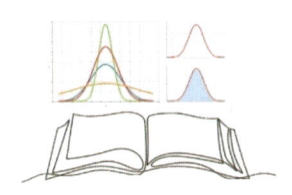

statistical [stɛˈtɪstɪkəl] 形 統計的
註：statistics (n) 統計學

Statistical evidence shows Taiwan's birthrate is at risk.
統計數據顯示台灣的生育率正面臨著風險。

stature [ˈstætʃɚ] 名 身高、體型

Susan is a little short in **stature**.
Susan 的體型有點矮小。

steer [ˈstɪr] 動 掌方向盤, 駕駛, 掌舵

A car is **steering** toward us.
一台車子正向我們駕駛過來。

stepchild 名 繼子(女)
stepfather 名 繼父
stepmother 名 繼父

註：step (n) 腳步

stereotype [ˈstɛrɪəˌtaɪp] 動 名 刻板印象

Don't **stereotype** a person according to their gender.
不要因為一個人的性別而產生刻板印象。

高階英語單字 (S15)

stew [ˈstuː] 動 燉煮

The meat has been **stewed** for hours.
這些肉已經燉煮了好幾個鐘頭。

---

stimulate [ˈstɪmjuˌlɛt] 動 刺激, 激勵
stimulation [ˌstɪmjuˈleɪʃən] 名 刺激, 激勵
stimulus [ˈstɪmjuləs] 名 刺激品, 興奮劑

I feel greatly inspired and **stimulated**.
我感到大量的啟發與激勵。

---

stink [ˈstɪŋk] 動 發臭
註：stinky (a) 臭的

Your shoe **stinks**! Yuck!
你的鞋子好臭！噁！

似：odor (n) 強烈的味道

---

stock [ˈstɑːk] 名 存貨, 股票

This product is currently **out of stock**.
這項產品目前沒有庫存。

---

storage [ˈstɔːrɪdʒ] 名 儲藏, 儲藏室
註：store (v) 儲藏

We are running out of **storage space**.
我們的儲存空間快要用完了。

270

單字遊戲

straighten [ˈstreɪtən] 動 弄直, 澄清　註：straight (a) 直的
straightforward 形 直接了當的

She is honest and **straightforward**.
她誠實且直截了當。

---

strain [ˈstreɪn] 動 名 拉緊, 緊繃

I feel mentally **strained** at work.
我在工作上感到心靈緊繃。

---

strait [ˈstreɪt] 名 海峽

Taiwan Strait is an international waterway.
台灣海峽是一個國際海域。

---

strand [strænd] 名 線, 串, 束

I was surprised to find **a strand of** gray hair.
我發現了一根白頭髮而感到驚訝。

同義字：string

---

strangle [ˈstræŋɡəl] 動 勒死, 勒住

He was **strangled** to death.
他被人勒住而死亡。

271

高階英語單字 (S16)

strap [ˈstræp] 動 捆綁 名 皮帶

She is exercising with a yoga **strap**.
她正在用瑜珈皮帶運動。

---

strategic [strɛˈtiːdʒɪk] 形 策略的
註：strategy (n) 策略

We need more **strategic tactics** to win this game.
我們需要更具策略性的戰術來贏得這場比賽。

同義字：tactical

---

stray [ˈstreɪ] 形 迷路的, 流浪的 名 迷路

I met a **stray cat** on my way home.
我在回家的路上遇到了一隻流浪貓。

---

stride [ˈstraɪd] 動 邁大步走 名 闊步, 從容不迫

He is taking the matter **in his stride**.
他正以他的步伐(從容不迫地)處理這個問題。

striking [ˈstraɪkɪŋ] 形 驚人的
註：strike (v) 打擊, 雷擊

The sound of lightning is sharp and **striking**.
這個閃電的聲音尖銳又驚人。

單字遊戲

stroll [stroʊl] 動名 散步, 溜達

After dinner, we decided to **take a stroll**.
在晚餐後，我們決定要出去散步溜搭一下。

structural [ˈstrʌktʃərəl] 形 建築上的, 結構上的

註：structure (n) 結構

This structure isn't **structurally** safe.
這個結構體在結構上並不安全。

stumble [ˈstʌmbəl] 動名 失去重心, 差點摔倒

This man **stumbled** and fell on the ground.
這名男子失去重心並摔倒在地。

sturdy [ˈstʌn] 形 結實的, 堅固的

His muscles are strong and **sturdy**.
他的肌肉強壯且結實。

參照 startle → **stun** [ˈstʌn] 動 嚇呆, 驚嚇

stutter [ˈstʌtɚ] 動名 結巴, 口吃

同意字：stammer (v) 結巴, 口吃

Many kids **stuttered** but grew out of it.
許多小孩曾經患有口吃，但是長大就好了。

273

高階英語單字 (S17)

stylish [ˈstaɪlɪʃ] 形 有風格的, 時髦的

註：style (n) 風格

You look **stylish**.
你看起來好時髦。

同義字：fashionable

subjective [sʌbˈdʒɛktɪv] 形 主觀的, 個人的

註：subject (n) 主科, 主詞

Preference is highly **subjective**.
偏好是相當主觀的。

---

submit [sʌbˈmɪt] 動 提交

Did you **submit** your homework yet?
你提交作業了嗎？

---

subordinate [səˈbɔːrdɪˌnet] 形 隸屬的, 服從的 名 部下
subsequent [ˈsʌbsɪkwent] 形 隨後的, 接著發生的
substitute [ˈsʌbstəˌtuːt] 動 用~代替 名 代替品

I'm your boss and you should be **subordinate** to me!
我是你們的老闆，而你們必須服從我。

字源：sub- (下面、次要)

---

subscribe [səbˈskraɪb] 動 訂閱, 署名
subscription [səbˈskrɪpʃən] 名 訂閱, 署名

字源：sub- (下面) + scribe 寫

Please **subscribe** to our YouTube channel.
請訂閱我們的 YouTube 頻道。

單字遊戲

subsidy [ˈsʌbsədi] 名 津貼
subsidize [ˈsʌbsəˌdaɪz] 動 補貼, 資助

The government plans to **subsidize** each household.
政府計畫要補貼每一戶家庭。

---

substantial [səbˈstæntʃəl] 形 大量的, 實在的
註：substance (n) 物質

Water is **substantial** to life.
水對生命來說很重要。

---

subtle [ˈsʌtəl] 形 微量的

I can feel a **subtle** change in her mood.
我可以感覺到她的心情有些微的改變。

---

suburban [sʌbˈɝːbən] 形 郊區的, 近郊的
註：suburb (n) 郊區　　字源：sub- (次要) + urban 市區的

I prefer living in the **suburban area**.
我偏好居住郊區。

---

successor [sʌkˈsɛsɚ] 名 繼任者, 繼承人
succession [sʌkˈsɛʃən] 名 繼承權, 連續
successive [sʌkˈsɛsɪv] 形 繼承的, 連續的

The king has designated a **successor**.
國王已經指定了一位繼承人。

275

高階英語單字 (S18)

suffocate [ˈsʌfəˌkɛt] 動 使窒息, 扼制

Someone was **suffocated** in the elevator last night.
昨晚有人在電梯內窒息了。

suitcase [ˈsuːtˌkɛs] 名 公事包, 旅行箱

註：suit 適合的

I need a **suitcase** for work.
我工作上需要一個公事包。

suite [ˈswiːt] 名 套裝軟體, 套房

I'm looking for a **suite** nearby my office.
我正在尋找一間我離辦公室近的套房。

summon [ˈsʌmən] 動 召喚

The witch **summoned** a demon to kill the king.
這個女巫召喚了一個惡魔來殺害國王。

superb [sʊˈpɝːb] 形 一流的
superiority [ˌsuːpɪriˈɔːrəti] 名 優越感
superficial [ˌsuːpɚˈfɪʃəl] 形 外表的, 膚淺的

He talks with a sense of **superiority**.
他講話帶有一種優越感。

單字遊戲

superstition [ˌsuːpɚˈstɪʃən] 名 迷信
superstitious [ˌsuːpɚˈstɪʃəs] 形 迷信的

Don't be too **superstitious**!
不要太過於迷信！

supervise [ˈsuːpɚˌvaɪz] 動 監督, 管理
supervision [ˌsuːpɚˈvɪʒən] 名 監督, 管理
supervisor [ˈsuːpɚˌvaɪzɚ] 名 主管
superintendent [ˌsuːpərɪnˈtɛndənt] 名 監督人

Maybe my **supervisor** isn't watching.
也許我的主管沒在看我。

supplement [ˈsʌpləmənt] 名 補給 動 填補

註：supply (v) 補給

The part-time job should **supplement** my income.
這份打工應該能夠填補我的收入。

supposedly [səˈpoʊzdli] 副 可能是, 照理來說

註：suppose (v) 假設

Supposedly, guinea pigs are not pigs.
照理來說，天竺鼠不是豬。

suppress [səˈprɛs] 動 鎮壓、壓制

字源：sub- (down) + press 壓

The authority is trying to **suppress** the news.
官方正試圖壓制新聞媒體。

高階英語單字 (S19)

supreme [suˈpriːm] 形 最高的, 至上的

This case is now handed to the **supreme court**.
這個案件現在移交給最高法院。

---

surge [ˈsɝːdʒ] 動 激增 名 大浪

I feel a **surge** of excitement when I hear this news.
我聽到這則新聞感覺一股興奮感激增。

---

surgical [ˈsɝːdʒɪkəl] 形 手術的

註：surgery (n) 手術

My aunt is in the **surgical ward**.
我的阿姨現在在手術病房裡。

---

surname [ˈsɝrˌneɪm] 名 姓氏

May I have your **surname** please?
我可以知道你的姓氏嗎？

---

surpass [sɚˈpæs] 動 超越、勝過

字源：sur- (super) + pass

His ability has **surpassed** our imagination.
他的能力超越了我們的想像。

278

單字遊戲

surplus [ˈsɝːplʌs] 形 過剩的 名 盈餘
字源：sur- (super) + plus

We made a bit of **surplus** in this year's profits.
我們今年的營收產生了一些盈餘。

surveillance [səˈveɪləns] 名 看守, 監視
字源：sur- (over) + veiller (watch)

She's been kept under **surveillance**.
她被留下來監視。

suspend [səˈspɛnd] 動 懸掛, 暫停, 吊刑
suspense [səˈspɛns] 名 懸疑
suspension [səˈspɛnʃən] 名 存疑, 猜疑

Your account is currently **suspended**.
您的帳號暫時被停用。

sustain [səˈsteɪn] 動 支撐, 維持
sustainable [səˈsteɪnəbəl] 形 可支撐的, 可維持的

I will **sustain** you all the way in pursuit of dreams.
我會在你追逐夢想的路上一路支撐你。

swamp [ˈswɑːmp] 動 淹沒 名 沼澤, 困境

Crocodiles live in **swamps**.
鱷魚生活在沼澤裡。

高階英語單字 (S20)

swap [ˈswɑːp] 動 名 交換

同義字：exchange

We **swap** our cellphones to play different games.
我們交換手機來玩不同的遊戲。

---

swarm [ˈswɔːrm] 動 群聚 名 一大群

A swarm of bees is coming to us!
一群蜜蜂朝我們飛過來了！

---

symbolize [ˈsɪmbəˌlaɪz] 動 象徵, 標誌
symbolic [ˌsɪmˈbɑːlɪk] 形 象徵的, 符號的

註：symbol (n) 象徵

The bald eagle **symbolizes** the US.
白頭鷹象徵著美國。

---

symmetry [ˈsɪmətri] 名 對稱

註：bilateral 雙向的

Human body shows **bilateral symmetry** by nature.
人體天生表現出左右對稱。

---

sympathize [ˈsɪmpəˌθaɪz] 動 同情

註：sympathy (n) 同情心

We do **sympathize with** you.
我們真的很同情你。

單字遊戲

symphony [ˈsɪmfəni] 名 交響曲

The orchestra is playing Beethoven's **symphonies**.
交響樂團正在演奏貝多芬的交響曲。

symptom [ˈsɪmptəm] 名 症狀
syndrome [ˈsɪnˌdrom] 名 症候群

Sneezing is a common **symptom** for colds.
打噴嚏是一項常見的感冒症狀。

synonym [ˈsɪnəˌnɪm] 名 同義字

"Good" and "nice" are **synonyms**.
「好」與「良」是同義字。

synthetic [sɪnˈθɛtɪk] 形 合成的、人造的

Synthetic leather is made out of plastic.
合成皮是由塑膠製成。

syrup [ˈsɜːrəp] 名 糖漿

Maple syrup tastes like honey.
楓糖嚐起來像是蜂蜜。

高階英語單字 (T1)

tactic [ˈtæktɪk] 名 戰術, 策略
tackle [ˈtækəl] 動 著手對付, 處理

We need more flexible **tactics** to win this game.
我們需要更靈活的戰術來贏得這場比賽。

---

tan [ˈtæn] 動 名 曬黑 形 棕色的

I wish I could get a **tan** like yours.
我希望我可以曬成像你那樣的棕褐色。

---

tangle [ˈtæŋɡəl] 動 糾結 名 探戈舞

My silly cat is all **tangled** up.
我家笨貓把自己纏住了。

---

tedious [ˈtiːdiəs] 形 冗長乏味的, 使人厭煩的

This speech is long and **tedious**.
這場演說又冗長又乏味。

---

telecommunications 名 電信 (=telecom)

註：tele (遠端) + communications 通信

The demand for **telecommunications** is always high.
電信通訊的需求總是很高。

單字遊戲

teller [ˈtɛlɚ] 名 說話者, 櫃員機

ATM stands for "Automatic Teller Machine."
ATM 是「自動櫃員提款機」的簡稱。

tempo [ˈtɛmˌpoʊ] 名 速度, 拍子

Relax and slow down your life tempo.
放輕鬆並且慢下你的生活步調。

tempt [ˈtɛmpt] 動 引誘, 誘惑
temptation [tɛmˈteɪʃən] 名 引誘, 誘惑

Money is too great a temptation. I can't resist it.
錢真是太大的一股誘惑。我無法拒絕啊！

tenant [ˈtɛnənt] 名 房客

My tenant always pays the rent late. What can I do?
我的房客總是遲繳房租。我該怎麼辦呢？

同義字：rent 租金

tentative [ˈtɛntətɪv] 形 試探的, 猶豫的

We took a tentative approach to solve the problem.
我們採取了一個試探性的方法來解決這個問題。

高階英語單字 (T2)

terminal [ˈtɜːmənəl] 形 末端的 名 終點站
註：term (n) 期間

The bus has arrived at the **terminal**.
巴士已經抵達了終點站。

terrace [ˈtɛrəs] 名 梯田

My house is located in a **terrace** in North London.
我的房子位於倫敦北方的一座梯田裡。

terrify [ˈtɛrəˌfaɪ] 動 使~害怕, 使~恐怖
註：terror (n) 恐怖

I was **terrified** by the attack.
我被這一起攻擊事件嚇壞了。

testify [ˈtɛstəˌfaɪ] 動 作證, 驗證

A witness was summoned to **testify** at the trial.
一位目擊者被傳訊到法庭來作證。

textile [ˈtɛkˌstaɪl] 名 紡織品
texture [ˈtɛkstʃɚ] 名 結構, 紋理

Our artificial fabrics have a silk-like **texture**.
我們的人造布料有類似絲綢的質地。

284

單字遊戲

theft [ˈθɛft] 名 偷竊
註：thief (n) 小偷

Someone is **committing theft**.
有人正在進行偷竊！

theology [θiˈɑlədʒi] 名 神學

He decided to pursue a degree in **Theology**.
他決定要追求神學學位。

theoretical [ˌθiəˈrɛtɪkəl] 形 理論的 註：theory (n) 理論
thesis [ˈθiːsɪs] 名 論文

Darwin's *Theory of Evolution* is still *a* **theoretical** idea.
達爾文的《演化論》仍是一個理論上的想法。

therapy [ˈθɛrəpi] 名 治療
therapist [ˈθɛrəpɪst] 名 治療師

Chemical therapy is a painful treatment.
化學治療是一個痛苦的療程。

thereafter 副 之後，以後
thereby 副 因此，由此

基礎衍生字彙

No one knows where they went **thereafter**.
從此之後就沒有人知道他們去哪了。

高階英語單字 (T3)

thermometer [θɚˈmɑːmətɚ] 名 溫度計
字源：thermo- (溫度) + meter 測量器

My **thermometer** reads 20 degrees Celsius.
我的溫度計顯示攝氏 20 度。

thigh [ˈθaɪ] 名 大腿

We can bake chicken **thighs** for dinner.
我們晚餐可以烤雞大腿。

threshold [ˈθrɛʃhoʊld] 名 門檻

He stood hesitating on the **threshold**.
他站在門檻上遲疑著。

thrill [ˈθrɪl] 動 名 驚悚, 興奮
thriller [ˈθrɪlɚ] 動 驚悚片, 恐怖

That was a **thrilling** experience.
那真是個驚悚的經驗。

thrive [ˈθraɪv] 動 繁榮, 茂盛生長

Plants **thrive** in fertile soil and warm light.
植物在肥沃土壤與溫暖陽光中繁榮生長。

單字遊戲

throne [ˈθroʊn] 名 王位

The king lost his **throne** to his enemy.
這位國王輸給敵人而丟了他的王位。

thrust [ˈθrʌst] 動 推進, 刺 名 驅動力

He **thrust** at a man with a knife.
他帶一把刀朝一名男子刺過去。

tick [ˈtɪk] 動 名 滴答(聲)

I can hear the clock **ticking** in the night.
在深夜裡我可以聽見時鐘在滴答走著。

tile [ˈtaɪl] 名 瓷磚 動 鋪瓷磚

The bathroom is nicely **tiled**.
這間浴室磁磚鋪得很好。

tilt [ˈtɪlt] 動 名 傾斜, 傾向

My dog **tilted** his head to show his curiosity.
我的狗狗將頭傾斜來表示好奇。

高階英語單字 (T4)

tin ['tɪn] 名 錫(罐)

Tins are great for food storage.
錫罐頭很適合存放食物。

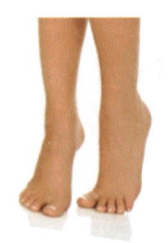

tiptoe ['tɪp‚toʊ] 動 名 踮腳尖

註：tip 尖端 + toe 腳趾

She **tiptoed** into her room with care.
她小心翼翼地踮腳尖走進她的房間。

基礎衍生字彙 ➡ **tiresome** 形 令人厭倦的

token ['toʊkən] 名 代幣, 籌碼

Money needs to be exchanged for **tokens** in a casino.
賭場內的錢必須更換為代幣。

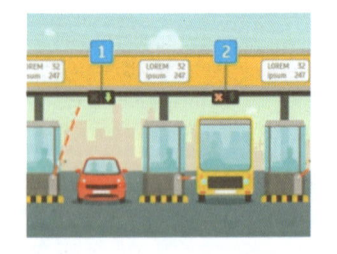

toll [toʊl] 名 過路費, 總計, 傷亡人數

Slow down when you pass a **road toll**.
經過過路收費站時請減速慢行。

torch ['tɔːrtʃ] 名 火把, 手電筒

He flashed his **torch** to guide us home.
他閃爍著他的火把來引導我們回家。

單字遊戲

torment [ˈtɔːrˌmɛnt] 動名 (心靈)折磨, 痛苦
同：torture (v) 折磨

This prisoner was **tormented** every day.
這位囚犯每天遭人折磨。

tornado [tɔːrˈneɪˌdoʊ] 名 龍捲風

Hundreds of houses were flattened by the **tornado**.
數百棟房子被這個龍捲風夷平。

torrent [ˈtɔːrənt] 名 洪流、狂潮

The river became a **raging torrent** after the storm.
一場暴雨過後這條河流成了憤怒的洪流。

tournament [ˈtʊrnəmɛnt] 名 錦標賽

All players are ready to compete in this **tournament**.
所有的選手都準備好要爭奪這次的錦標賽。

toxic [ˈtɑːksɪk] 形 有毒的
註：toxin (n) 毒

A factory is releasing **toxic** gases into the air!
一間工廠正在釋放有毒的氣體到天空中！

同義字：poisonous

高階英語單字 (T5)

trademark [ˈtreɪdˌmɑːrk] 名 商標
註：trade (v) 貿易

We are registering a name as our **trademark**.
我們正在註冊一個名字來當我們的商標。

trait [ˈtreɪt] 名 特徵, 特點
註：trail (n) 軌跡

Frogs and toads share similar **traits**.
青蛙與蟾蜍有許多相似的特徵。

traitor [ˈtreɪtɚ] 名 叛徒, 賣國賊

You are such a **traitor**!
你真是一個叛國賊！

transaction [trænˈzækʃən] 名 轉帳交易
註：transfer (v) 轉帳

The **transaction** is through.
這筆匯款完成了。

transcript [ˈtrænˌskrɪpt] 名 成績單, 副本, 翻譯本
字源：trans- (轉換) + script 文字

Some schools will require your college **transcript**.
一些學校會要求你的大學成績單翻譯本。

單字遊戲

transformation [ˌtrænsfɚˈmeɪʃən] 名 變形, 變化
字源：trans (轉換) + form 型態

The company is undergoing a **transformation** process.
這間公司正在經歷一個轉型過程。

transit [ˈtrænzɪt] 動 轉換 名 轉車, 轉機
transition [trænˈzɪʃən] 名 轉換

The **transition** from school to work is never easy.
學校到工作階段的轉換不是一件容易的事。

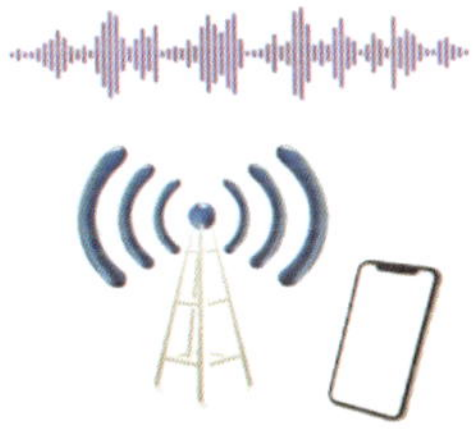

transmit [trænzˈmɪt] 動 傳送, 發射(訊號)
transmission [trænˈsmɪʃən] 名 傳送, 發射(訊號)

Most people use cellphones to **transmit** messages.
大部分的人使用手機來傳送訊息。

transparent [trænˈspɛrənt] 形 透明的, 一目了然的
註：translucent (a) 半透明的

Glass is a colorless and **transparent** material.
玻璃是無色且透明的物質。

基礎衍生字彙 ➡ **transplant** 動 名 移植

trauma [ˈtrɒmə] 名 心靈創傷

She is still affected by her childhood **trauma**.
她仍受到童年的心靈創傷影響。

高階英語單字 (T6)

treasury [ˈtrɛʒəri] 名 金庫, 國庫

註：treasure (n) 寶藏

A part of the national **treasury** is spent on ammunition.
一部分的國庫花費在軍事武器上。

---

treaty [ˈtriːti] 名 條約, 協定

The new **treaty** has been ratified by many countries.
這項新的協定最近受到許多國家核定認可。

---

trek [ˈtrɛk] 動 艱苦跋涉 名 移居

Camels are great tools to **trek** in the desert.
駱駝是在沙漠中跋涉的好工具。

---

tribute [ˈtrɪbjuːt] 名 進貢, 敬意

The emperor forces other kings to **pay tribute** to him.
這位皇帝迫使其它國王向他進貢。

---

trifle [ˈtraɪfəl] 名 水果奶芙, 小瑣事

Strawberry **trifle** is my favorite dessert.
草莓奶芙是我最愛的甜點。

292

單字遊戲

trigger [ˈtrɪgɚ] 名 扳機 動 發射, 引發

Don't pull the **trigger**. Don't shoot!
不要按下扳機！不要射擊！

trillion [ˈtrɪljən] 名 (單位) 兆

This company is worth 1 **trillion** dollars.
這家公司價值 1 兆美元。

trim [ˈtrɪm] 動 名 修剪

These trees need to be **trimmed**.
這些樹需要被修剪一下。

triple [ˈtrɪpəl] 形 三倍的

I want a burger with **triple** cheese.
我要一個三倍起司的漢堡。

trivial [ˈtrɪvɪəl] 形 瑣碎的

You spent too much time on these **trivial things**.
你花了太多的時間在這些瑣碎的事情上了。

高階英語單字 (T7)

trophy [ˈtroʊfi] 名 戰利品, 獎品

I received a golden **trophy** of the speech contest.
我演講比賽得到了一座金色獎盃。

tropic [ˈtrɑːpɪk] 名 回歸線, 熱帶

The **tropic** sun glared down on the beach.
熱帶的太陽照射在沙灘上。

trout [ˈtraʊt] 名 鱒魚

Tom caught a big **trout** and is ready to eat it.
Tom 抓到了一隻大鱒魚並且準備好要吃牠。

基礎衍生字彙 → **trustee** 名 受託者, 受信任者

tuck [ˈtʌk] 動 扎衣服, 把~塞進 名 (衣服等的)褶

I always **tuck** my shirt into the jeans.
我總會把襯衫紮進去牛仔褲裡。

tuition [tjuːˈɪʃən] 名 學費

My college **tuition** is very high.
我的大學學費很高昂。

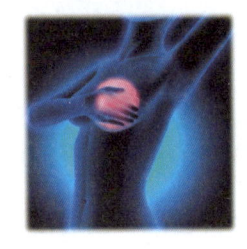

單字遊戲

tumor [ˈtuːmɚ] 名 腫瘤

Some **tumors** are benign while others are cancerous.
一些腫瘤是良性的而其它是惡性的。

tuna [ˈtuːnə] 名 鮪魚

I had a **tuna** sandwich for breakfast.
我早餐吃了一份鮪魚三明治。

turmoil [ˈtɝːˌmɔɪl] 名 騷動, 混亂

Her mind is in a state of constant **turmoil**.
她的心處在一個持續騷動的狀態。

同義字：chaos 混亂

twilight [ˈtwaɪˌlaɪt] 名 曙光, 暮年 (一年的結束)

The singer has entered the **twilight** of his career.
這位歌手已經邁入生崖的暮年。(意指晚年名聲漸漸淡卻)

twinkle [ˈtwɪŋkəl] 動 名 閃爍, 閃耀

The stars **twinkled** in the clear sky.
星星在天空中閃耀。

高階英語單字 (U)

ultimate [ˈʌltəmɛt] 形 最後的, 最終的 名 終極

註：ultimatum (n) 最後通牒

I made an **ultimate** decision. 我做了一項最終的決定。

I'll send him an **ultimatum**. 我會送他一個最後通牒。

---

unanimous [juˈnænəməs] 形 全體一致的

The committee made a **unanimous decision**.
委員會做了一項一致的決議。

註：uni- (單一, 統一)

---

unify [ˈjuːnəˌfaɪ] 動 統一, 統整
unification [ˌjuːnəfəˈkeɪʃən] 名 統一, 統整

We are all **unified** together as a unit.
我們全都聯合一致成為一體。

註：uni- (單一, 統一)

---

urgency [ˈɜːdʒənsi] 名 緊急, 迫切, 急事

註：urgent (a) 緊急的

I can see an **urgency** in his manner.
我可以從他的動作可以看得出緊急。

---

usher [ˈʌʃɚ] 名 (劇場等的)引座員, 接待員

The **usher** will direct you to your seat.
接待員會引導你到你的座位。

296

單字遊戲

utensil [juːˈtɛnsəl] 名 器皿, 用具

I bought some **kitchen utensils** for my new house.
我買了一些廚房器具要給新家使用。

utilize [ˈjuːtəˌlaɪz] 動 運用
utility [juːˈtɪləti] 名 運用, 能源設施(水電火)

I haven't paid my **utility bills** yet.
我還沒有付我的水電瓦斯帳單。

utter [ˈʌtɚ] 動 發聲 形 徹底十足的

The meeting was silent until someone **uttered** a word.
這場會議很安靜，直到有人發聲說話。

unconditional	形 無條件的, 絕對的
uncover	動 揭開
undo	動 還原
undoubtedly	副 毫無疑問地
unemployment	名 失業

註：un- (否定)

unfold	動 展開, 呈現
unhappy	形 不快樂的
unlock	動 開鎖, 開啟
unprecedented	形 無先例的, 空前的
unveil	動 揭露, 除去(面紗等)

註：un- (否定)

297

高階英語單字 (U)

註：under- (下面)

undergo	動	經歷, 進行
undergraduate	名	大學生
undermine	動	侵蝕~的基礎, 暗中破壞
undertake	動	著手做, 進行
underline	動	劃底線, 強調

註：under- (下面)

underestimate	動	低估
underneath	介 副	在~下面
underpass	動	地下通道
underway	動	在進行中的

註：up- (上面)

update	動	更新
upgrade	動	升級
upright	形	正直的, 直率的
uprising	名	起義, 暴動, 上升
upward(s)	副	向上的, 升高的

NOTE

高階英語單字 (V1)

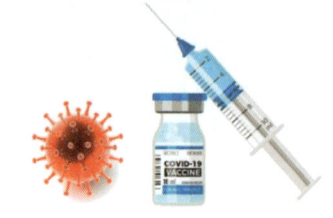

vaccine [ˌvækˈsiːn] 名 疫苗

A new **vaccine** has been developed.
一支新疫苗被發展出來了。

---

vacuum [ˈvækjuːm] 動 吸塵 名 真空, 吸塵器

Can you help me **vacuum** the floor?
你可以幫我吸地板嗎?

---

vague [ˈveɪɡ] 形 模糊的, 不清楚的

I only had a **vague** idea where I was.
對於我當時在哪裡,我只有一點模糊的印象。

---

valid [ˈvælɪd] 形 有效的

You need a **valid** QR code for the access.
你需要一個有效的 QR 條碼才能進入。

---

vanilla [vəˈnɪlə] 名 香草

I love **vanilla** ice cream.
我熱愛香草冰淇淋。

---

vanity [ˈvænəti] 名 自負, 虛榮, 虛實

字源:vain (a) 空虛的

All is **vanity**. Only the spirit is real.
一切都是虛的。只有靈魂是真的。

300

單字遊戲

vapor [ˈvepɚ] 名 水氣, 水蒸氣

When water evaporates, it turns into **vapor**.
當水蒸發時，就成為了水蒸氣。

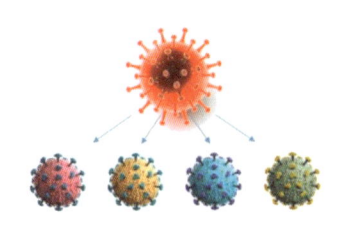

variable [ˈvɛrɪəbəl] 形 易變的 名 變數
variation [ˌvɛrɪˈeɪʃən] 名 變化, 變異
variant [ˈvɛrɪənt] 名 變異株　註：vary (v) 變化

The Delta **variant** of Covid-19 was very strong.
新冠病毒的 Delta 變異株很強。

veil [ˈveɪl] 動 掩飾 名 面紗

She removed her **veil** at the wedding.
她在婚禮時掀開了自己的面紗。

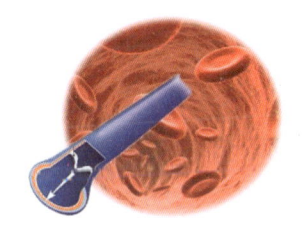

vein [ˈveɪn] 名 靜脈, (葉子的)條紋

It took the nurse a while to find a **vein** for a blood test.
這名護士花了好一會兒才找到一個靜脈來進行抽血檢查。

velvet [ˈvɛlvət] 名 天鵝絨, 絲絨

Velvet is made from silk and cotton.
絲絨由蠶絲和棉花所製成。

vendor [ˈvɛndɚ] 名 小販, 攤販

There is a **vendor** selling ice cream.
那裏有一個攤販在賣冰淇淋。

高階英語單字 (V2)

venture [ˈvɛntʃɚ] 動 冒險, 創業　名 企業
字源：adventure (n)冒險

I feel it's time to **venture** into business.
我感覺該是開創事業的時候了。

---

venue [ˈvɛnjuː] 名 活動場所

I've booked a **wedding venue**.
我訂了一個婚宴會館。

---

verbal [ˈvɜːbəl] 形 言辭的, 口語的

Jenny is good at **verbal English**.
Jenny 擅長口語英語。

同義字：oral、colloquial

---

verdict [ˈvɜːdɪkt] 名 (陪審團的)裁決

The judge has a right to overturn a jury **verdict**.
法官有權利推翻陪審團的判決。

---

versatile [ˈvɜːsətəl] 形 多才多藝的, 多功能的

My mom is very **versatile**.
我的媽媽多才多藝。

---

version [ˈvɜːʒən] 名 譯文, 版本

This book has an **English version**.
這本書有英文版。

單字遊戲

versus [ˈvɜːsəs] 介 與~相對, 對決

The final match is Spain **versus** Germany.
最後決賽是西班牙對決德國。

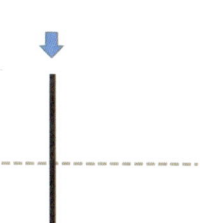

vertical [ˈvɜːtɪkəl] 形 垂直的

Please draw a **vertical line** and a horizontal line.
請劃一條垂直線和一條水平線。

veteran [ˈvɛtərən] 名 退役軍人

He was a **veteran** of the Second World War.
他是一名二戰結束後的退役軍人。

veterinarian [ˌvɛtrəˈnɛriən] 名 獸醫
(簡：vet)

I'm taking my dog to a **vet** to get neutered.
我要帶我的狗狗去給獸醫結紮。

veto [ˈviːtoʊ] 動 名 否決

The president can **veto** a bill.
總統有權力對法案進行否決。

via [ˈvaɪə] 介 經由, 藉由
viable [ˈvaɪəbəl] 形 可行的, 可存活的

We went home **via** a shortcut.
我們經由一個捷徑回家。

303

高階英語單字 (V3)

vibrate [ˈvaɪbret] 動 震動, 顫動 名 震動模式
vibration [vaɪˈbreɪʃən] 名 震動, 顫動

Set your cellphone to **vibrate**, please.
請把手機設定為震動。

---

vice [ˈvaɪs] 名 副手

The **vice president** will work closely with the president.
副總統會與總統緊密的配合。

---

vicious [ˈvɪʃəs] 形 惡意的, 惡毒的
villain [ˈvɪlən] 名 壞人, 反派角色

He is a **vicious** man.
他是一個惡毒的人。

同義字：wicked

---

victor [ˈvɪktɚ] 名 勝利者

Each game has a **victor**.
每一場遊戲都有一個勝利者。

---

viewer [ˈvjuːɚ] 名 觀看者, 觀眾
viewpoint 名 觀點

註：view (v) 看

I hold a different **viewpoint** to this problem.
對於這個問題我持有不同的觀點。

單字遊戲

vigor [ˈvɪgɚ] 名 精力
vigorous [ˈvɪgərəs] 形 精力旺盛的

He is young and **vigorous**.
他年輕且精力旺盛。

villa [ˈvɪlə] 名 大別墅
註：village 鄉村

We will stay at a cozy villa with ocean views tonight.
我們今晚會待在一棟有海景的別墅裡。

參照 vicious → **villain** [ˈvɪlən] 名 壞人, 反派

vine [ˈvaɪn] 名 藤蔓, 葡萄樹
vinegar [ˈvɪnəgɚ] 名 醋
vineyard [ˈvɪnjərd] 名 葡萄園

The **vineyard** produces beautiful wine and vinegar.
這座葡萄園出產美味的葡萄酒及醋。

violinist [vaɪəˈlɪnəst] 名 小提琴手
註：violin 小提琴

The **violinist** is so talented.
這位小提琴手真有天份。

virgin [ˈvɜːdʒɪn] 形 處女的 名 處女

Holly Mary was a **virgin** when she conceived Jesus.
聖母瑪利亞懷著耶穌時是一位處女。

高階英語單字 (V4)

virtual [ˈvɜːtʃuːəl] 形 虛擬的, 幾乎的

Virtual reality is an interesting technology.
虛擬實境是一項有趣的科技。

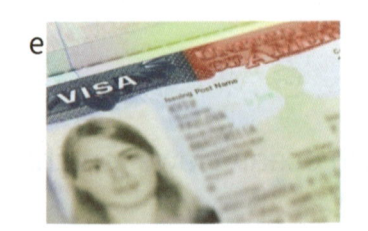

visa [ˈviːzə] 名 簽證

We don't need a **visa** to travel in this country.
我們在這個國家旅遊不需要簽證。

基礎衍生字彙 → **vitality** [vaɪˈtæləti] 名 活力, 生命力

vocal [ˈvoʊkəl] 形 聲音的 名 主唱

Adam is the **vocal** of the band.
Adam 是這個樂團的主唱。

vocation [voʊˈkeɪʃən] 名 職業
vocational [voʊˈkeɪʃnəl] 動 職業的

It took me a few years to find my true **vocation**.
我花了好幾年才找到我真正屬於我的職業。

volcano [valˈkeɪnoʊ] 名 火山

The **volcano** is going to erupt soon!
這座火山很快就要噴發了。

306

單字遊戲

vomit [ˈvɑːmɪt] 動 名 嘔吐

I've been **vomiting**. I think it's food poisoning.
我一直嘔吐。我認為是食物中毒。

voucher [ˈvaʊtʃɚ] 名 兌換券,證

I received a gift **voucher** from my boss.
我從老闆那邊收到了一張禮物兌換券。

vow [ˈvaʊ] 動 發誓 名 誓言

He **vowed** to be faithful to the country.
他發誓要對國家忠誠。

同義字：oath

vowel [ˈvaʊəl] 名 母音 形 母音的

English **vowels** are usually associated with A, E, I, O, U.
英文母音通常與 A,E,I,O,U 有關。

vulnerable [ˈvʌlnərəbəl] 形 易受傷的, 有弱點的

When the king died, the country became **vulnerable**.
當國王過世時，這個國家變得相當脆弱。

高階英語單字 (W1)

wag [ˈwæg] 動 名 搖擺, 搖尾巴

Dogs **wag** their tails to show happiness.
狗狗搖尾巴表示開心。

---

walnut [ˈwɒlˌnʌt] 名 胡桃

Tom sat down to watch TV with a bag of **walnuts**.
Tom 拿著一袋胡桃坐下來看電視。

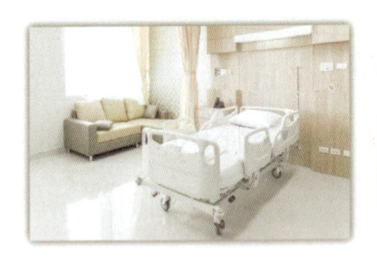

---

ward [ˈwɔːrd] 名 病房, 牢房

He's been transferred to a private **ward**.
他被轉到個人病房了。

---

wardrobe [ˈwɔːdroʊb] 名 衣櫃
註：ward 房間 + robe 衣袍

Stop opening my **wardrobe** without my permission!
不要再沒有我的同意下開我的衣櫥！

同義字：closet

---

warehous 名 倉庫, 大賣場   字源：ware 器皿 + house 家
wholesale 形 批發的 名 批發

It's cheaper to buy groceries from the **warehouse**.
在大賣場買日常用品比較便宜。

308

單字遊戲

warrant [ˈwɔːrənt] 動 保證 名 搜查令
warranty [ˈwɔːrənti] 名 保證書

All our products come with one year **warranty**.
我們所有的產品都有一年保固。

warrior [ˈwɔːriɚ] 名 戰士
註：war (n) 戰爭

You guys are great **warriors**.
你們是很棒的戰士！

wary [ˈwɛri] 形 謹慎的, 留意的

Always stay **wary**.
隨時保持謹慎。

同義字：aware 知曉的

waterproof [ˈwɒtɚˌpruːf] 形 防水的
註：proof (a) 證明的, 防止的

My smartphone is **waterproof**.
我的手機是防水的。

weary [ˈwɪri] 形 疲憊的
註：wear (v) 穿戴, 消耗

This job makes me tired and **weary**.
這份工作讓我疲倦又疲憊。

309

高階英語單字 (W2)

weird [ˈwɪrd] 形 怪怪的

This is really **weird**!
這真的好奇怪喔！

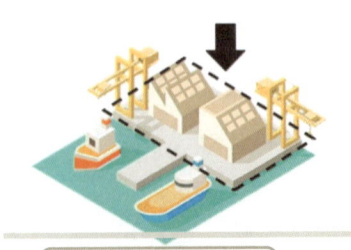

同義字：absurd, bizarre

---

wharf [ˈwɔːrf] 名 碼頭 (觀光生活區)

There is a great restaurant at the **fisherman's wharf**.
漁人碼頭那邊有一家很棒的餐廳。

基礎衍生字彙 → **wheelchair** 名 輪椅 (註：wheel 輪子)

---

whereas 連 而
whereabout 名 行蹤下落

My dad never lets me know his **whereabouts**.
我的爸爸從不讓我知道他的下落。

---

whine [ˈwaɪn] 動 名 哀鳴

The baby could **whine** for the whole day.
寶寶可能會哭嚎一整天喔。

---

whiskey/whisky [ˈwɪski] 名 威士忌

This man can drink a whole bottle of **whiskey**!
這個人可以喝下一整瓶威士忌！

參照 warehouse → **wholesale** 形 批發的 名 批發

310

單字遊戲

wholesome [ˈhoʊlsəm] 形 有益健康的, 強健的
字源：whole 全部 + some 一些 (全都有一些)

She feeds her child with **wholesome food**.
她提供小孩健康的食物。

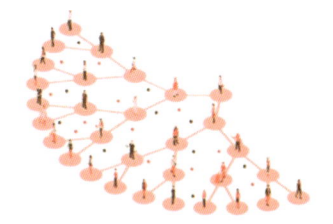

widespread [ˈwaɪdˈsprɛd] 形 廣佈的
註：wide (a) 寬廣的 + spread (v) 傳佈

This news is now **widespread** on the Internet.
這則新聞現在在網路上廣泛地流傳。

widow [ˈwɪdoʊ] 名 寡婦
widower [ˈwɪdoʊɚ] 名 寡夫

She has been a **widow** for over twenty years.
她已經成為寡婦超過 20 年了。

wig [ˈwɪg] 名 假髮

Oops! Don't let anyone know about my **wig**!
啊！別讓人知道我的假髮！

wildlife [ˈwaɪldˌlaɪf] 名 野生生物
wilderness [ˈwɪldɚnəs] 名 野外, 荒野
註：wild (a) 野外的

We are going to Africa to watch the **wildlife**!
我們要去非洲看野生動物。

311

高階英語單字 (W3)

windshield [ˈwɪndˌʃild] 名 擋風玻璃
字源：wind 風 + shield 盾牌

The **windshield** ensures my safety on a road drive.
擋風玻璃保障我路途上的安全。

wither [ˈwɪðɚ] 動 枯萎, 凋謝

This plant is **withering**.
這植物正在枯萎。

withhold [wɪðˈhould] 動 抑制, 隱瞞
字源：to hold with a secret

You are responsible for **withholding** the truth.
你必須對隱瞞事實而負責。

witty [ˈwɪti] 形 機智的, 說話風趣的
註：wit (n) 機智風趣、才華

He is **witty** and funny.
他機智風趣且搞笑。

woe [ˈwou] 名 哀嚎, 災難

He didn't tell anyone about his **woes**.
他沒有將他的苦難告訴任何人。

單字遊戲

woodpecker [ˈwʊdˌpɛkɚ] 名 啄木鳥
註：wood (n) 木材 + peck 啄

The **woodpecker** pecked a hole in the tree.
啄木鳥在樹上啄了一個洞。

worship [ˈwɝːʃɪp] 動 名 崇拜, 膜拜

The Budda is **worshipped** as a god by Buddhists.
佛祖受到佛教徒如神一般膜拜。

基礎衍生字彙 → **workforce** 名 人力, 勞動
workshop 名 工作坊, 研討會

worthwhile 形 值得花費的　註：worth 值得
worthy [ˈwɝːði] 形 值得的

I know it's **worthwhile**.
我知道這是值得花費的。

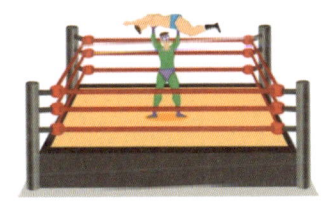

同義字：valuable

wrestle [ˈrɛsəl] 動 名 摔角, 搏鬥

I don't watch **wrestling** because it's too bloody.
我不看摔角因為太血腥了。

wrinkle [ˈrɪŋkəl] 名 皺紋 動 長皺紋

My mom starts having some **wrinkles** in her 40s.
我的媽媽在 40 多歲時開始長皺紋。

高階英語單字 (YZ)

yacht [ˈjɑːt] 名 快艇, 遊艇

I can spend a whole day on my **yacht**.
我可以一整天都待在我的遊艇上。

yearn [ˈjɜːn] 動 渴望, 嚮往

Until today, we still **yearn** to fly.
直到今天，我們仍然嚮往飛行。

yield [ˈjiːld] 動 出產, 讓步 名 產量, 利潤

This land **yields** good crops and good profits.
這片土地生產好的作物及財富。

yoga [ˈjoʊɡə] 名 瑜珈

I practice **yoga** for exercise.
我練習瑜珈來作運動。

yogurt [ˈjoʊɡərt] 名 優格

Yogurt tastes delicious!
優格品嘗起來非常美味。

單字遊戲

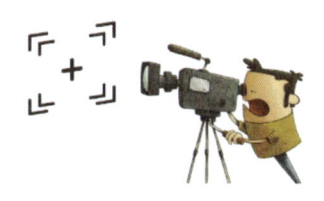

zoom [ˈzuːm] 動 名 距焦

I need to **zoom in** to capture the details.
我需要對焦放大來捕捉一些細節。

國家圖書館出版品預行編目(CIP)資料

破解英文 DNA. 單字篇. 高階英語單字 /
莊育瑞(Ryan H. Chuang)作. -- 初版.
-- 臺中市 : 譯術館, 2024.06
　面；　公分
ISBN 978-986-81709-6-4 (平裝)
1.CST: 英語 2.CST: 詞彙
805.12　　　　　　　113002410

譯術館 Aesop Translation & Books
版權所有、翻印必究

破解英文 DNA—單字篇高階英語單字

作者：莊育瑞 (Ryan H. Chuang)

出版：譯術館（英語翻譯/出版社）

地址：台中市東區台中路 103 號 2 樓

電話：(04)2224-9713

Email：aesoptranslation@gmail.com

出版日：2024 年 6 月

定　價：560 元

ISBN：978-986-81709-6-4

本書如有破損頁面或印刷不良，
請寄回出版社更換，謝謝。